幻獣調査員

綾里けいし

FB
Famitsu Bunko
ファミ通文庫

Contents

闇の王様のお話 1 005

第1話 飛竜と娘 006

闇の王様のお話 2 053

第2話 バジリスクの卵 057

闇の王様のお話 3 067

第3話 マーメイド 072

闇の王様のお話 4 104

第4話 妖精猫の猫裁判 107

闇の王様のお話 5 119

第5話 水に棲む馬 122

闇の王様のお話 6 147

第6話 子供部屋のボーギー 151

闇の王様のお話 7 166

第7話 ライカンスロープ 168

闇の王様のお話 8 237

第0話 旧き竜の狂気 239

闇の王様のお話 9 260

夏の夜の夢 262

Illustrator lack

闇の王様のお話 1

遠い、遠い、昔のことです。
あるところに、ひとりぼっちの闇の王様がいました。
これはひとりぼっちの闇の王様が、ある少女に出会うお話です。

第1話
飛竜と娘

旧《ふる》く、大きな森の中を一匹の蝙蝠《こうもり》が飛んでいる。

季節は初夏だ。天井《てんじょう》のように広がる枝葉は空からの光を受け、鮮《あざ》やかな緑に輝き、しなやかに長く伸びている。それでも苔《こけ》むしたたくましい木々が並ぶ森の中は、ひっそりと薄暗く、しっとりと涼しかった。葉と葉の間から零《こぼ》れ落ちた金色の光だけが、夏の証《あかし》のように雨のごとくまっすぐに射《さ》しこんでいる。風が吹くたび光はざわざわと躍《おど》り、積み重なった葉や苔、毒々しい色のキノコの上を滑《すべ》った。その中を一匹の蝙蝠が羽に光を受けてひらり、ひらりと楽しげに踊っている。

長い爪にも似た骨の間で、風を受けた飛膜《ひまく》が歪《ゆが》んだ。それを持たない他の鳥には難しい動きで強く空気を打ち、彼はえへんと後ろを振り向く。

くすり、と、笑い声がそれに応《こた》えた。

蝙蝠の目の前には白く幼い十代半《なか》ばに見える娘が立っていた。その華奢《きゃしゃ》で色素の薄い体はまるで森の中に咲く一輪の花のようだ。きれいだなと蝙蝠は思った。あらゆる獣《けもの》達に自慢《じまん》したいほどきれいだ。彼女は蝙蝠の知識の中でこの世界で最も美しいものだった。昼なお薄暗い森の中、彼女はのんびりと足を運びながら、歌うように言う。

「トロー、ひとりであまり遠くへ行ってはだめよ？　どうか、私の追いかけられるところにいてね？」

甘い声だ。その声を聞くと、蝙蝠――――トローはいつもなんだかくすぐったいような、嬉《うれ》しいようなそんな気持ちになる。彼が急いで少女のところへ舞い戻ると、彼女はおかえりなさいと微笑《ほほえ》んでくれた。さらりと、その頭を覆《おお》う白のヴェールが揺れ動く。大輪の花の透《す》かし模様の入れられた布地の下、短く切られた髪もまた白かった。その下の肌も同じ色だ。少女を形作る物は全て、ひとつひとつが色と質の異《こと》なる白さを持っている。

トローはええっと、と自分の中の知識を探った。その髪は絹糸《きぬいと》のような、肌は果実のような、しなやかで強くて柔らかくて瑞々《みずみず》しい。そんな白さだ。そして彼女の幼くまろやかな顔の輪郭《りんかく》の中、長い睫毛《まつげ》に縁《ふち》どられた蜂蜜色《はちみついろ》の目は、トローとお揃《そろ》いの色だった。

そのことが、トローにはとても誇《ほこ》らしい。

だって、それこそ彼女がトローの主《あるじ》であり、母である証のようなものなのだ。

トローは少女に造りだされた試験管の小人《ホムンクルス》の亜種だった。彼は彼女の繊細《せんさい》な作業の下《もと》、七百四十八日前にこの世界に産み落とされた。彼は試験管の中で腐敗《ふはい》させた蝙蝠の精子《せいし》と少女の血によって肉体を得ることができたのだ。けれども、試験管の小人の定めとして、彼は試験管の外には生きてはは出られないはずだった。それなのに、彼は今ではこうして自在に世界を飛び回っている。

トローにはそのことが嬉しくて仕方がなかった。最も、彼が自由を得ることができた理由の一つは——彼にはやや複雑なものだったりもするのだが。

「それに、用心してね。トロー」

不意に、少女は低く囁《ささや》いた。トローは知っている。彼女がこんな声をだすのは、世界に、幻獣達に異常が見られた時だけだ。少女はすんなりと長く、丈夫《じょうぶ》なナナカマドの杖《つえ》をぎゅっと握《にぎ》った。花嫁のヴェールにも似た布地の下の装《よそお》いは、飾り気のない貫頭衣《かんとうい》にズボン、分厚い革靴に大きな鞄《かばん》だ。旅の尼僧《にそう》を思わせる服装と慣《な》れた足取りで、彼女は積み重なった落ち葉を踏《ふ》みしめる。辺りを見回して、彼女は油断なく大きな目を細めた。

「幻獣の気配がひとつもないの。地面には『妖精の輪』もないし、普通の獣すらいない。森は夏の光を受けてこんなにも元気なのに……彼らは何故《なぜ》逃げだしてしまったの？」

彼女はふむと考えこみ始めた。けれども、次の瞬間、弾《はじ》かれたように上を向く。


――――ざぁっと。

風が、少女の顔を叩《たた》いた。


雲のように巨大な影が、少女の頭上を高速でよぎった。それはバキバキと無残に木々を折りながら、森のすぐ上を掠《かす》め飛んでいく。硬い鱗《うろこ》に覆われた巨大な腹が、葉にぶつかってバチバチと雹《ひょう》の降るような音をたてた。その立派な体軀《たいく》からは、腕の代わりに二対の翼が生えている。それがはためくたび、切り裂《さ》かれた空気が悲鳴のような音をたて、嘘《うそ》のように森が波打った。木々の間に垣間見《かいまみ》えた大小の角《つの》を備《そな》えた顔には、トカゲによく似た瞳孔《どうこう》の細い目が光っている。


「――――ワイバーン」

少女は低く呟《つぶや》いた。同時に、しなった飛竜《ワイバーン》の尾が幹《みき》の上部をへし折る。

「…………あっ」

最初、折れた木は小さな黒点にしか見えなかった。だが、それは空気を切り裂きながら落下し、一瞬で少女の頭上に迫《せま》った。トローは迷うことなく彼女の真上に飛びだし、翼を広げた。だが、ひとりと一匹を押し潰《つぶ》す直前、それは空中でぴたりと止まった。

ざわざわと揺《ゆ》れる葉が、トローの鼻先を撫《な》でる。少女は小さく息を吐《は》いた。

「…………よかった」

彼女はゆっくりと手を伸ばし、力つきてぺとっと落ちたトローを受け取った。彼女はトローを抱き締《だきし》めると、静止している木に向けて微笑んだ。

「あなたね？　クーシュナ、いつもありがとう」

その名前を聞いた途端《とたん》、トローはぴっと全身の毛を逆《さか》だて顔をあげた。見れば、折れた木にはびっしりと黒色が絡《から》みついている。百頭の蛇《へび》のように木を絞《し》めつける黒色は少女の影から伸びていた。影はせーのと勢いをつけ木を遠くへ放り投げると、そのままにゅうっと縦に持ちあがった。トスッと軽い音と共に、ソレは地面に降り立つ。その口から暗く陰鬱《いんうつ》な声で、快活《かいかつ》な響きの、矛盾《むじゅん》した言葉が溢《あふ》れだした。

「ふむ、怪我《けが》はなさそうで何よりだ、我が花よ。なに、礼などいらぬぞ。我《われ》はいつでも無敵で不敵なそなたの騎士《きし》であるからしてな。ううん？　して、そこな小僧《こぞう》っ子《こ》は、何を不機嫌《ふきげん》な顔をしておるのだ？　我がいなければ、お前なぞ今ごろぺらっぺらの蝙蝠トーストだったのだぞ？　ほれ、もうちょっと嬉しそうな顔をしてみせぬか。ほれほれ」

ソレの声に、トローは精一杯《せいいっぱい》不機嫌な顔を返した。ソレは案山子《かかし》のようにすらりとした体を――筒《つつ》のように細く黒一色の、上等だが人の手では仕立ての不可能な――夜会服に包んでいる。獣にしても人にしても奇天烈《きてれつ》な装いだが、何よりもおかしなのはその頭部だった。

クーシュナと呼ばれたソレは、人間と似た体と兎《うさぎ》の頭をもっていた。

半人半獣の幻獣はトローも何体か知っている。だが、これについてはそのどれとも違っていて得体《えたい》が知れないのだ。何よりもそのおちゃらけた仕草《しぐさ》と主への絡み方に、トローは常にやや不満を覚えていた。今も主への距離がちょっと近すぎるような、そうでもないような……やはり近い気がとてもする。

「んっ、なんだ、なんだっ？　こら止《や》めんか。顔に飛んでくるでないぞ。我が花に傷がないか確認して一体何が悪……いや、それは流石《さすが》に言いがかりというものよ。よく聞け、我は変質者の類《たぐ》いでは決してないぞっ！」

「二人は相変わらず仲良しね。うらやましいくらい」

「断じて違うっ！　というか、我のお前は時たまどこに目がついているのだ。ん？」

不意に、クーシュナはその動きを止めた。彼はピンク色の鼻をひくひくと震《ふる》わせ、長い耳をぴんっと空に伸ばした。器用にそれを左右に動かし、彼はふふんと笑う。

「我は気づいたが、『伝わった』か？　我が花よ？」

「ええ、わかったわ。急がないと」

「抱きあげて行くか？」

「駄目《だめ》。森の中に逃げこんでいる人もいるかもしれない。あなたに会えば驚《おどろ》くから」

「そうだな。とりあえず、我は隠れている方がよさそうだ。何かあれば出ようぞ」

クーシュナはするりと少女の影の中に溶《と》けこんだ。少女は地面を蹴《け》って走りだす。トローはその横に並び、羽を動かした。しばらく進むと、空気に物の焦《こ》げる匂いが混じり始めた。少女は更《さら》に速度をあげる。彼女は緊張した声で囁いた。

「……急がなければ」

ヴェールの下の目で森の先を見つめ、彼女は低い声で続けた。

「急がなければ、人が死にそう」

＊　　＊　　＊

森を抜けると既《すで》に飛竜は飛び去った後だった。だが、森からほどない距離にある村にはその爪痕《つめあと》がありありと残されている。目の前に広がる光景に少女はぽつりと呟いた。

「……ひどい」

村は燃えていた。石垣《いしがき》で囲《かこ》まれた村にはそれなりの規模《きぼ》があり、家屋の立ち並ぶ平野の向こうには丘《おか》に沿《そ》って麦畑が広がっている。だが、森の木材を利用して作られた重厚な建物のいくつかは炎に包まれていた。

人々は水をかけ、火勢が弱まると柱を折り、建物を崩《くず》していく。瓦礫《がれき》の中に炎を包み、濡《ぬ》らした布で叩くとくすぶる箇所《かしょ》に更に水をかけた。同じことを煙が出なくなるまで繰り返し、延焼《えんしょう》を防《ふせ》ぐ動きは不思議と手慣れている。

次に、少女は麦畑へ視線を移した。初夏の鮮やかな緑の海にも、虫食い穴のように地面まで炭化した箇所がある。昨日、今日、燃やされたものではないだろう。

そこに稲穂《いなほ》を叩き、必死に火を消す人々の姿はなかった。少女は首をひねる。

「何度も来ているの？　それに、あの子はあんなに荒れていたのに被害が少ない」

荒ぶる飛竜がその気になれば、それこそ村内の家屋、畑の全てがたやすく燃やしつくされ、人間も皆殺しにされていたはずだ。

何故、飛竜は全てを燃やしつくさなかったのか。そもそも何故村を襲《おそ》ったのか。

湧《わ》きあがる疑問を今は胸に飲みこんで、少女は一目散《いちもくさん》に村へと走った。

無人の門をくぐると、少女はゆっくりと村内に歩を進めた。

＊　＊　＊

外に出ている人々の顔には疲労の色が濃《こ》い。

燃えた家を遠巻きにして、唇《くちびる》を噛《か》んだ母親が子供を抱《かか》えている。不審《ふしん》げな眼差《まなざ》しを向けてくる親子にぺこりと頭を下げ、少女は瓦礫の方へ、火の気配の残る熱い空気の中を進んだ。水に濡れた地面を踏むと作業をしている男達の声が耳に届く。

「だから、どうするんだ、アイツはまた来るぞ」

「これ以上建物を崩すわけにはいかんだろう。水をなるべく備蓄《びちく》して」

「それで足りるか？　畑の分はどうするんだ。ああ、ちくしょう、ちくしょう。まともに農作業もできやしねぇ。このままじゃおしまいだ」

「なぁ、落ち着けって」

「落ち着いていられるかっ！　俺達はなぶり殺しにされるんだっ！」

悲鳴のような声が響《ひび》いた。更に少女は騒ぎに近づいていく。数人が彼女に気がつき、作業の手を止めた。額《ひたい》の汗《あせ》をぬぐい、彼らは訝《いぶか》しげに闖入者《ちんにゅうしゃ》を見る。少女はまたぺこりと頭を下げると、自分は手を止めずに指示を飛ばしている老年の男の後ろで足を止めた。

「それはまだ使える。そっちに運んでやれ。くっそ、どうすれば……うん？　あなたは」

彼が振り向いた瞬間、少女は自身の服の襟元《えりもと》に手を入れ、細い鎖《くさり》を引きだした。

――リンッ

小さな音と共に、その首から銀の膏薬入《こうやくい》れがぶら下がった。その表面には、数百の短い角を持つ古竜の紋章が刻《きざ》まれている。目を見開いた老年の男に、少女は頭を下げた。

「初めまして、旅の幻獣調査員フェリ・エッヘナと申します。あなたをアガンシア村の村長とお見受けしてお尋《たず》ねします。どうやら飛竜の炎に村は焼かれたようですね？」

「その紋章……そのヴェール……おおっ、幻獣調査官の。渡りに船とはまさにこのこと。よくぞ、よくぞおいでくださいました。カナリの街には連絡をいれたのですが返事がなかったものですから。まさか腰が重いと有名な役人様にお越しいただけるとは」

「ざ、残念ですが、私はカナリの街の在住調査官とは別人です」

いささか失礼なことを言いながら喜ぶ村長に、少女――フェリは申し訳なさそうに沈《しず》んだ声を返した。

この世界に生きる『幻獣』、即《すなわ》ち『独自の生態系を持ち通常の食物連鎖に組み込まれない――かつ超自然的な力を持つ――生物』の生態系の調査、国への報告、そしてこれが一般の人々にとっては最も重要な役割であるが獣害《じゅうがい》の対処も行う、国家の認定した専門家――『幻獣調査官』――フェリは村人達の待ち望むその存在ではあったが、同時に異《こと》なるものでもあった。

「今カナリの街の調査官はクラーケンの大量発生による商会からの駆除要請《くじょようせい》への対応で手いっぱいと聞いています。あの、私は国属の幻獣調査官とは異なり、あくまでも同等の権限を与えられた契約調査員にすぎません。ですが、幻獣に関する人間、幻獣双方の被害に対し、私の権限の及《およ》ぶ範囲での対応は可能ですが……いかがなさいますか？」

「調査、員。あの、在住調査官とは一体何が違うのでしょうか？」

「はい、幻獣の生息範囲は広く、その種類も多岐《たき》に渡るため、情報の収集は全く足りていません。そのため専門知識が必要な調査官の育成は進んでいないのが現状です。補助策として、国家は認定した魔術師や錬金術師の一族に契約調査員として同等の権限を与えています。担当地区の対処に毎日当たっている国属の調査官とは異なりますので、その……確かに固有幻獣に対する専門性ではやや劣《おと》るかと。しかし、私には代々受《う》け継《つ》いでいる知識もありますので、お役に立てるよう精一杯の努力をさせていただきます」

フェリの言葉と幼い外見に村長は落胆《らくたん》した様子を隠《かく》さなかった。それに辺りをパタパタと飛んでいる蝙蝠にも、彼はなんとも言葉にしづらい疑問を覚えているらしい。だが、それでもと思い直したのか、彼は短く頷《うなず》いた。村長は声を張りあげ、周囲に呼びかける。

「皆、喜ぶといい。幻獣調査員の方が来てくださった。あー、連絡をした方ではないが、それでもあの忌々《いまいま》しい飛竜による被害を聞いてくださるそうだ……うん、願ってもない。これは願ってもないことだぞ。私は一時場を離れる。そうだな……アベル、イヴエール、トマスもおいで。ささっ、こちらへ」

数人の男達に呼びかけ、彼はフェリを連れて場を後にした。

その案内で、フェリは麦畑近くの丘に立つ村長の屋敷へ向かった。森から見ても目立った鱗屋根の建物は村の賓客《ひんきゃく》を招《まね》く場所でもあるらしい。

村長が手ずから扉《とびら》を開くと、フェリは頭を下げ中に入った。見事な刺繡《ししゅう》のされた布織物の重《かさ》ね敷《し》かれた客間で、彼女は村長と共に樫材《かしざい》のテーブルに着く。

パタパタと男達の鼻先を旋回《せんかい》していたトローは、壁に飾られた鹿《しか》の頭の剝製《はくせい》を見つけ、その角に満足げにぶらさがった。慌《あわ》てながらも夫人が飲み物を運んできたのを合図に、まずイヴエールと呼ばれた男が口火を切る。

「飛竜は毎日飛来しては、火を吐いて、建物や畑を焼いていくんだ」

「それだけじゃねぇ、家畜も攫《さら》っていくっ！　次の冬はまだ遠いが、これじゃあ越せるわけがねぇ。奴《やつ》は俺達をなぶり殺しにするつもりなんだっ！」

唾《つば》を飛ばして、トマスと呼ばれた男が訴《うった》えた。どうやら村内の有力な家の持ち主が、各自の被害を直接訴えていくつもりらしい。

フェリは鞄から紙の束《たば》を取りだすと、詳細な被害を書き留め始めた。牧場主に被害頭数を聞き、畑の主な管理者に麦の損傷を尋ねる。やがて、フェリは静かに頷いた。

「被害状況は大体把握《はあく》できました。この一件は確かに暴走した幻獣――竜種・飛竜による獣害と認定されます。私に申請さえいただければ、飛竜の捕縛《ほばく》、対処は可能です」

「おぉ、ありがたい。ぜひともお頼み申しあげます。これで、我々も助かるというもの」

「その前に、あの、皆様にひとつお聞きしたいことがあるのですが」

紙の束をとんとんと整理し、横に置くとフェリはなんでもないことのようにそう切りだした。彼女は大きな蜂蜜色の目でその場にいる全員を見回す。そして首を横に傾《かし》げた。

「皆様は、あの飛竜に何をしたのですか？」

「――――――――――――――――えっ」

しんっと場は静まり返った。いかにも不自然でおかしな沈黙が広がる。村人はフェリから視線を逸《そ》らした。だが、空気を読めと訴えるような息詰まる沈黙の中でも、フェリは表情一つ変えない。やがて根競《こんくら》べに負けたように、村長は咳払《せきばら》いをすると口を開いた。

「何を、おっしゃいますか。私どもは何も」

「理由がなければ飛竜が人を襲うことはありません。彼らは乱暴な種族ではないのです」

「いや、それは……単にあの個体が特別だっただけでは」

「幻獣書、第三巻百八十五ページ――『アガンシア村の飛竜《ワイバーン》』」

不意に詩《し》を詠《よ》むように滑《なめ》らかな口調でフェリは囁いた。同時に、彼女の足元の影が一冊の本を吐きだした。キルト地のテーブルクロスの陰《かげ》に隠れて旧い本を受け取り、フェリはそれを今、鞄からだしたような体《てい》でページを開いた。変色した紙には掠れた手書きの文字が並んでいる。迷うことなく該当《がいとう》箇所に辿《たど》り着《つ》き、彼女は口を開いた。

「暗記はしていますが、念のため参照しましょう。『体内に溜《た》めた浮遊用のガスを口から勢いよく放出。くちばしの先端《せんたん》にある骨の突起《とっき》をぶつけ合うことで着火し、火炎を放出することが特徴』そして『既に登録済み』とあります。竜種は地脈に棲《す》む長達《おさたち》と契約があり、無差別の狩り、駆逐《くちく》は禁止され、個体は全て国家に登録されています。彼は別の幻獣調査員に確認され、国へ報告、この地の固有幻獣として認定された個体ですね？」

フェリはページから顔をあげた。蜂蜜色の目が再び村長を映す。

「本来、逸《はぐ》れ飛竜は危険個体に該当します。それでもなお認定を受けられた理由は、村に飛竜の抑止となる存在がいたから。そうですね？」

「それは」

「彼女は今どこに？　飛竜の暴走についてお話をうかがいたいのです」

「彼女とは」

「この本に記述があります――――『リボンの乙女《おとめ》』」

フェリがその言葉を口にした瞬間、石を投げこまれた鳥の群《む》れのように人々はざわついた。アベルと呼ばれた比較的若い男が、彼女に一歩近づく。

「急に何を……それには一体何が書いてあるんだ、貸してみろ」

彼はフェリの肩に手を伸ばした。だが、次の瞬間、その手首にくるりと黒い影が巻きついた。ぎょっとアベルが目を見開く間にも、影は人間の掌《てのひら》の形をとっていく。その根元には筒のように細い腕が続いていた。恐る恐る顔をあげ、アベルはまたぎょっとした。

「おっと可憐《かれん》な姿に勘違《かんちが》いをさせてしまったか？　すまぬなぁ、物騒《ぶっそう》な護衛つきなのだ」

いつの間にか、彼の前には分厚い黒布で顔を隠した異様な人物が立っていた。ギリギリ人間に見えなくもない――――兎の耳を山高帽《やまたかぼう》で隠し、喪《も》に服《ふく》すかのような黒布で顔を覆った――――クーシュナはチッチッと口の前に立てた指を気取った仕草で左右に振った。

「困るぞ若造よ。気安く触る許可などだしてはおらぬ。何せ、我ですらあの小僧っ子に叱《しか》られるくらいだからな。お前だけ自由に触《さわ》れるのではズルかろう？　ん、どうだ？」

「いたたたっ、痛い、痛い」

「クーシュナ」

「おっと、すまん、すまん。ハッハッハッ、ついうっかりな。いや、人の腕も妖精のマッチ棒じみた腕とそうは変わらんな」

陰鬱な声を快活に響かせ、クーシュナはアベルの手を離した。顔の前の分厚い黒布を揺らしながら、彼は白いヴェールに覆われたフェリの肩を抱き寄せる。

「わかれ、人間。我の主人は人が害意を持って触れていいような花ではないのだよ」

「私はあなたがたの話を飛竜の暴走原因の参考証言として求めているにすぎません。被害申請を受けた以上、その理由がなんであろうと私の務《つと》めは変わらない。あなた方のためにも、そしてあの子のためにも、私はこれ以上の被害を食い止める必要があります。ただ、あの子の暴走原因について知らないままではいられないのです」

場の騒《さわ》ぎに負けないよう、フェリは声を張りあげた。突如《とつじょ》現れた異様な男と、どうやら飛竜を指すらしい『あの子』という言葉に場の混乱は更に深まる。だが、やがて諦《あきら》めたかのように村長は首を横に振り、再び口を開いた。

「実は……外の方にお聞かせするには、お恥《は》ずかしい話なのですが」

この村では『リボンの乙女』と呼ばれる聖女が、代々飛竜を管理していたのだという。

『リボンの乙女』――彼女は遥《はる》か昔、棲処《すみか》である大樹を失った飛竜が迷いこんだ際、まじないをかけたリボンをその体に巻きつけ、鎮《しず》めた娘の末裔《まつえい》だった――彼女は日頃から森で飛竜と寝食を共にし、村人達との交流は断《た》ってきた。彼らは互いを『良き隣人』として認識し、困った時は助けあう程度の関係にあった。だが、ある日村は野盗に襲われた。金銭だけでなく、若い娘を要求され、村人達は野盗に聖女の家を教えてしまった。

飛竜は聖女が攫われる際、何故か野盗には手をださなかった。だが、以来、村を焼くようになったのだという。

「ひどい話だとお思いでしょう。わかっています。私どももそう思います。ですが、我々にとっても辛《つら》い選択だったのです。カナリの街の自警団に連絡はいれましたが、彼らにそこまでの期待をするのは……我々だけで野盗に挑《いど》むのはあまりに危険すぎますので……そんなことはとてもできません。どうかご理解いただきたい」

「……わかりました。彼女はもういないのですね。ご報告をありがとうございます」

フェリは村人を責めることなく頭を下げた。外部の人間の言葉を強く恐れていたのだろう。その反応に、村人達は胸を撫でおろした。だが、フェリは沈痛《ちんつう》な表情で続けた。

「あなた方は、突然、自分の母や姉を奪われて耐《た》えられますか？」

「はっ？」

「飛竜は竜種の中では高度な知能を持っているとは言えません。ですが、それでも他の動物に比べれば遥かに豊かな知性を持ち、情緒《じょうちょ》を解《かい》します。彼らの思考は人間に近い」

人々は思わず顔を見合わせた。人として女性として余所者として、フェリに彼らを責めるつもりはないらしい。だが、彼女は真剣な表情で誰《だれ》も予想しない言葉を続けていく。

「あの……それは一体なんのお話ですか？」

「あの子の、飛竜の話です。私は幻獣調査員です。人のことは……彼女の辛さも、あなた方の辛さも、その選択が本当に仕方ないものだったのかどうかも、いち旅人にすぎない私に断言することなどできません。ですが、これだけは幻獣調査員として、語らずにはいられないのです」

村人達は更に訝しげな顔をした。だが、フェリは愚《おろ》かなほど真剣に言葉を紡《つむ》いでいく。

「彼らの想いは人に近い。時にひどく傷つくこともあります。どうかそのことを忘れないでください。幻獣と関わる時彼らの視点を忘れてはなりません。忘れてしまうのは」

クーシュナがその手から本を受けとり、閉じた。彼は現れた時と同じように、するりとほどけ、フェリの影の中に消える。トローはパタパタと鹿の角から舞い降りると、ぺたりと彼女のヴェールの上に着地した。フェリは静かに首を横に振り、立ちあがる。

「それはとてもとても悲しいことだ」

深く頭をさげ、フェリは席から立ちあがった。彼女は夫人にも礼をすると廊下《ろうか》を歩きだした。枝の冠《かんむりかざ》飾りが下げられた玄関から外に出ると、彼女は軋《きし》む扉を後ろ手に閉じた。

村を見回すと、随分と時が経《た》っていた。麦畑の向こうの稜線《りょうせん》は夕暮れに染まりつつあり、森にも橙色《だいだいいろ》の光が落ちている。燃えているかのごとく金色に輝く木々は、数万という葉を風にきらめかせていた。涼しい風がどこからか運《はこ》んできた灰を彼女に吹きつける。けれども、それは一片残らず、下から伸びた影に叩き落とされた。

『元気をだせ、我が花よ。幻獣に感情移入をするのは、我のお前のいいところであり悪いところだ』

「ありがとう、クーシュナ……そうよね、落ちこんでいる暇《ひま》なんてない。あの子が来る前に準備をしなくては」

そう呟き、フェリは蜂蜜色の瞳で強く空を見つめた。

荒ぶる飛竜はまた明日も訪れることだろう。

それまでに、彼女には確かめなければならないことがあった。

翼を強く下に打ち、飛竜は堂々と空に舞いあがった。

＊　＊　＊

彼が翼を上下させるたび、森の木々は大きく円状になる。まだ飛竜と村との距離は遠いにも拘《かか》わらず、その尋常《じんじょう》ではない力は簡単に伝わってきた。それでも目の前の光景を見て、フェリは嘆《なげ》くように首を横に振った。

彼女は迷い子を見るような、痛《いた》ましい視線を飛竜に注《そそ》ぐ。

「……やっぱり、まだ子供ね」

数百年を生きる竜種の中では、目の前の飛竜は幼体にすぎないのだ。

白いヴェールをはためかせ、フェリはぎゅっと細いナナカマドの杖を握った。その足元には、焼け落ちた家の土台が残されている。彼女はひとり、村の入り口の廃屋《はいおく》跡に立っていた。万が一火炎の放射を受けたとしても他の無事な家屋は巻きこまないで済《す》む位置だ。村人達は全員、彼女の指示通り家の中に隠れている。トローも村長の家で待っていた。今、この場にいるのはフェリひとりだけだ。けれども、その隣《となり》に別の影が並んだ。

今度は兎の頭部を隠すことなく、クーシュナは堂々と彼女に寄《よ》り添《そ》った。彼はすらりとした耳を自慢げに撫で、ピンッと固いヒゲをひねると、フェリに問いかけた。

「で、手加減は？」

「殺さないで」

「他は？」

「できれば傷も」

「わかった。相変わらず優しいことよなぁ」

二人は端的《たんてき》な会話を終えた。そのままクーシュナは両腕を組む。だが、彼は耳をピクリと動かして、ちらりとフェリの横顔を盗み見た。彼女はどこか強張《こわば》った真剣な顔をしている。ふむっと鼻を鳴らして、クーシュナは手を伸ばした。

フェリの白い髪に手をぽんっと置き、彼は小さな頭をぐるぐると回すように撫でる。

「わっ、クーシュナ？」

「我はそんなお前を実によいと思うぞ。うむ、よい。そんなお前はよい。だが、それほど思い悩むな。人の申請がなければ飛竜には手がだせず、人の申請を受ければ飛竜は自由を奪われる。ひどい矛盾よな。しかも理由は、なんともくだらない、人の都合ときたものだ」

クーシュナはそう肩をすくめた。ヒゲをもう一度ひねり、彼は真剣な口調で続ける。

「だが、全ての竜種のためにもあのまま迷わせてはおけぬだろう。まぁ、高慢《こうまん》ちきの竜族など、我からすれば何かと面倒ごとばかり起こすくせに、決して自らは動こうとはせぬ腐《くさ》れ貴族にすぎんのだが……なに、止めるのは我よ。苦悩など捨ておけ。なんならそこで、我のために歌でも歌ってくれていてもいいぞ」

「そういうわけにはいかないの。決めたのは私だから」

「まったく苦労する性分よなぁ。それでこそではあるが、我のお前は不器用な生き物よ」

「あと、私は歌が下手《へた》よ？」

「ハッハッハッ、なに気は心だ。下手だろうが何だろうが、心地よく聞いてみせるのが我の甲斐性《かいしょう》よ、っとぉ」

　フェリの鞄から、何かがクーシュナの顔に飛んできた。こっそり潜《ひそ》んでいたトローが鼻先で蓋《ふた》を開け、滑り出てきたのだ。彼はパタパタと羽ばたき、クーシュナの顔を叩く。

「トロー。あなたったら、待っていてと言ったのに」

「こら止めろ、小僧っ子。近すぎるとか今言うことかっ！　なんだ、こんなところまでついてきおって。臆病者《おくびょうもの》がいっちょまえに雄《おす》を見せるか？　んん？　こらつつくな！」

　トローはクーシュナに精一杯嫌そうなイーッをすると、くるりと反転した。彼は風に揺らされ始めているフェリのヴェールに張りつき、それが飛ばされないよう全身で押さえる。クーシュナはやれやれと顔を撫でさすり、飛竜に向き直った。既にその巨体は近い。風圧がクーシュナの毛とフェリのヴェールを揺らした。怒りに満ちた視線を受け、クーシュナはバキボキと軽く肩を鳴らした。だが、一転して彼は真剣な口調で囁いた。

「主よ、言葉を」

「お願い、クーシュナ」

そこでフェリは一度瞼《まぶた》を閉じた。息を吸いこみ、彼女はゆっくりと蜂蜜色の目を開く。

「――――あの子を止めて」

「お前の望み通りに、我が花よ」

クーシュナは優雅《ゆうが》に一礼した。顔をあげ、彼はトンッと足を鳴らす。

同時に、地面に大きく影が広がり、爆散《ばくさん》した。

数十の影が植物のように大気中に伸びあがる。それは腕を伸ばし、飛竜の体に巻きつこうとした。飛竜は動揺しながらも強く翼を打ち、上空へ逃れた。衝撃波のような風が、フェリ達を襲う。クーシュナは慌てることなく、宙を蹴った。二つの風はぶつかり合い、消滅する。その間にも、影達は縦横無尽《じゅうおうむじん》にしなり、飛竜に迫っていた。その尾に影が絡みつきかけた瞬間、飛竜の体は横に傾いだ。飛竜は急旋回し、ほぼ羽ばたくこともなく影の隙間《すきま》をかいくぐる。重力と慣性《かんせい》を無視した動きに、フェリは思わず声をあげた。

「凄《すご》いっ！　やっぱり、飛竜はその体躯では本来不可能な動きを行うことができるんだ。幼生でもこれだけの動きを見せるなんて……なんて凄い生き物なのっ！」

「我が花よ。確かに我は余裕だが、なんと言えばいいか相変わらずだなお前は。というか、お前がそんなちょっとはしゃいだ声をあげるのは久しぶりではないか？　んっ？」

「あのね、ガルガン博士の仮説ではね、彼らは独自の力場《りきば》を形成していて」

「うむ、わかった。後で聞こうぞ。後でな。うむ」

二人の会話を遮《さえぎ》るように、カチッカチッと音が響いた。翼を一打ちし、飛竜は太い尾をしならせながら後ろを振り向く。背後から追撃を続けていたクーシュナの影達に、飛竜は勢いよく炎を吹きつけた。眩《まばゆ》い光に影は一斉に焼き消される。後には何も残らない。

賞賛《しょうさん》するかのように、クーシュナは両手を打ちあわせた。

「ハハッ、いいぞ、いいぞ。末席でも流石は竜種か。では、喜べ、飛竜よ――――我が行ってやる」

そう言い、クーシュナは踊るように右足を前にだした。その足裏の影が雨あがりのキノコのように宙に伸びる。影の上で、彼は片足でバランスを取った。だが、耐えきれず前に傾ぐとまた別の影が伸び、その左足を支えた。次々と伸びる影の上を、クーシュナは飛び石を渡るような気軽さで歩いていく。あろうことか空中歩行で接近してくる彼を見て、飛竜はいらだたしげにくちばしの先端の骨を鳴らした。火花が散り、ガスに引火《いんか》しかける。その寸前《すんぜん》、クーシュナは影を蹴った。ある意味、実に『兎らしく』彼は高々と跳躍する。目標を見失い、飛竜は火を吹くのを止め、きょときょとと辺りを見回した。その頭の上にクーシュナは着地した。目を見開く飛竜を見降ろし、彼はにぃっと笑う。

——ギィイッ？

「——よぉ、若造《わかぞう》」

そのまま、クーシュナは地面の上に飛竜を蹴り降ろした。

飛竜は激しく地面に叩きつけられるかに思えた。だが、彼が地面に接した瞬間、その周囲が沼《ぬま》のように黒く崩れた。下に控《ひか》えていた影に、飛竜はどぷりと受け止められる。底なし沼に落ちた獣のように、飛竜は激しくもがいた。だが、無数の黒い蔦《つた》に押さえつけられ、そのまま影の中から抜けだせないよう拘束《こうそく》される。

飛竜が動けなくなると、次々と家々の扉が開いた。窓から様子をうかがっていたのか、村人達は外に飛びだし、喜びの声をあげた。

「やったのかっ」「すげぇ、ついについに」「このくされ竜が」「今までよくも俺達をコケに」

「────駄目っ」

歓声をあげ、飛竜に近づく人々を見てフェリは地面を蹴った。

たとえ体を押さえつけられていても、飛竜にはまだ別の武器がある。飛竜は首をもたげ、人々を睨《にら》んだ。鱗に包まれたその胸が今までになく大きく膨《ふく》らむ。今度こそ全てを燃やしつくすと決めたのか、彼は巨大な炎を吐こうとした。その瞬間、フェリは叫んだ。

「人を、傷つけては駄目よっ！」

高くか弱い声を聞き、何故か飛竜はぴたりと火を吹くのを止めた。

フェリはその隣にしゃがみこんだ。彼女は素早く鞄の中から青いリボンを取りだし、飛竜の口を縛《しば》った。まじないにでもかかったかのように、飛竜の体から力が抜ける。

その頭をフェリは優しく撫でた。

「そう、言われた？　そうよね。人のことは人がなんとかするから、傷つけては駄目と止められたのよね？　あなたの一撃はあまりにも重いから。私なら止める。きっと、あなたの大事な人もそうして止めたはず。あなたはだから盗賊を逃がした」

フェリは青いリボンを指でなぞった。まじないの縫《ぬ》いこまれたリボンには、竜のことを考えてか、柔らかな裏地がつけられている。リボンが擦《こす》れても竜の硬い鱗は何も感じないにも拘わらず、だ。きっと聖女は優しすぎるくらい、優しい人だったのだろう。

そう、リボンの持ち主に思いを馳《は》せながら、フェリは言葉を続ける。

「でも、あなたは許せなくなってしまった。彼女がいないのに、村人達が同じ暮らしを続けるから。誰も助けに行ってくれなかったから。いつまで待っても、彼女が帰ってこないから――あなたはかしこい子。彼女はもう帰ってこないとわかってしまった」

そのリボンは、昨日フェリ達が聖女の家で見つけだしたものだった。森の中ほどにある聖女の家は、火を点《つ》けられたのか半分焼け落ちながらも、まだ原形を保《たも》っていた。その中は意外なほど荒れておらず、雨もほとんど流れこんでいなかったのだ。

爪痕の残る屋根を確認して、フェリは察した。

飛竜は翼を広げて屋根となり、村人に助けられた彼女が帰って来るのを待っていたのだろう。きっと長く長く、彼は待ち続けたのだ。けれども、彼女は帰ってこなかった。

誰も彼女を取り戻してはくれなかった。村人達には取り返す気すらなかった。彼らは無理だと諦め、彼女は奪われたままとなった。幼い彼はひとりぼっちでそこに残された。

飛竜は他の動物に比べれば遥かに豊かな知性を持ち、情緒を解する。突然、自分の母や姉を奪われれば、人も耐えることはできない。そして飛竜の思考は人間に近い。

時に、ひどく傷つくこともある。

クゥゥと何かを訴えるかのように飛竜は鳴いた。その頭をフェリはゆっくりと撫でる。

「いい子、いい子。あなたはいい子。彼女の言う通りに、人を信じて裏切られてしまっただけ。それでも、私はあなたを止めなくてはならないの。ええ、悲しいわ」

フェリは手を止め、ゆっくりと瞼を閉じた。その眦《まなじり》から一筋の涙が零れ落ちる。それをぬぐい、再び労《いた》わるように飛竜を撫でながら、彼女はもう一度呟いた。

「私は、とても悲しいの」

再び歓声が沸《わ》いた。完全に飛竜が抵抗を止めたのを見て、村人達は嬉しげな声をあげる。喜びに沸く人々の中、フェリはひとり涙を流した。

そのままひとりぼっちの飛竜に、彼女は長く寄り添い続けた。

＊　＊　＊

夜が訪れ、村には白く鋭《するど》い月が昇った。澄《す》んだ月明かりの中、飛竜の捕獲《ほかく》を無事終えた村は宴《うたげ》に沸いている。だが、村長の家にだけは不穏《ふおん》な空気が漂《ただよ》っていた。麦酒《ばくしゅ》の樽《たる》の開けられた客間でいらだった村長は机を叩いた。その前でフェリは杖を強く握り締める。

「もう一度申しあげます。そのようなこと、絶対に認めるわけにはまいりません」

「ですから、それはあなたの判断することではないでしょうっ！」

村長はフェリを強く睨みつけた。だが、彼女は蜂蜜色の目を逸らさない。激昂《げっこう》することなく、フェリは村長と見つめあった。そのヴェールの上では、張りついたトローも必死に威嚇《いかく》している。

村長とフェリは捕縛した飛竜について、その対処法で揉《も》めていた。

捕縛された竜の処罰には、通常二種類の道が想定される。

竜の暴走原因が外部にあり、竜自体の危険性が低い場合、幻獣調査官の判断の下、竜は他の地へ移送されることとなる。だが、竜自身に危険性が高く、抑《おさ》える術《すべ》も存在しない場合、竜は竜種の長との契約外の存在である『暴走竜』と認定され、殺害される決まりだった。そして、その死骸は獣害にあった被害者に、補償金代わりに譲渡されることとなっている。

竜種の死骸は貴重であり、高価だ。その心臓を食べれば動物の言葉がわかるようになり、他の内臓は薬に、鱗は武具に、翼は革製品になる。たった一頭の死骸《しがい》が巨万の富に変わるのだ。盗賊に襲われ、飛竜に焼かれた村はその補償《ほしょう》を求めていた。だが、フェリは頑《かたく》なに譲《ゆず》ろうとしない。

「彼の暴走理由は、共に暮らしてきた聖女を失ったことです。彼はまだ幼く、突然の喪《そう》失《しっ》に多大な衝撃を受けました。それでも彼は盗賊の殺害を堪《こら》え、長期に渡り彼女の帰りを待ち続けました。それだけの理性をもつ存在に対して、安易《あんい》に『暴走竜』の認定はできかねます。私は彼の移送を断固として主張します」

「それで奴が村に帰ってこないとどうして言えるのですかっ！　飛竜の移動範囲の広さをあなたもご存じのはずだっ！　どこに移動させても我々に安息《あんそく》は訪れない。これから先も、ずっと復讐に怯《おび》え続けろとあなたはおっしゃるのですか？　それに我々の受けた被害は誰が補償してくれるのです？　冬は長く厳《きび》しい。もしも麦の実りが悪ければ」

「残念ながら、私は幻獣調査員です。人間側の都合で、『暴走竜』の判定は覆《くつがえ》りません」

「人は食べなければ生きてはいけないのですよっ！」

「それに、彼はあなた達を殺しませんでした。誰ひとりとしてです」

「もういい、あなたでは話にならないっ！　カナリの街の調査官に判断を仰ぎますっ！」

——————クウウッ

人々が言い争いを続ける中、廃屋跡の飛竜は小さな呻《うめ》き声《ごえ》を漏《も》らした。

飛竜の耳は人間のものよりも遥かに感度がいい。彼には村長とフェリの言い争う声が全て聞こえていた。どうやらそれで自分の運命が決まるらしいと悟り、彼は逃げようともがいた。だが、リボンから甘く流れこむ魔力に動きを阻害《そがい》されてしまう。

飛竜はせめて不安な気持ちに打ち勝とうとした。彼は誇り高い種族なのだ。『彼女』もそう言っていた。あなたは強く善《よ》き者だと。だからこそ、彼は負けるわけにはいかなかった。だが、まだ幼い彼に感情の制御は荷が重かった。不安な気持ちをどうしても抑えきることができず、彼は頭を撫でて欲しくなった。だが、ここにあの手はない。

飛竜は最後に白く、柔《やわ》らかな手に触れられた時のことを思いだした。

雨が降っていた。それなのに火が燃えていた。後ろに恐ろしい顔つきの乱暴な人間達を待たせ、彼女は彼に手を伸ばした。飛竜の頬《ほお》を撫で、彼女は『そこから動いてはいけない』と囁いた。一言望んでくれれば、飛竜には後ろの連中を消し墨《けずみ》にすることもできたのに、彼女はそれをしなかった。ただ微《かす》かに震える指先を放して、彼の額に口づけた。

『人のせいで、あなたが人を傷つけてしまうのは嫌なの』

『大丈夫よ。きっと、私のことは村の人たちが助けてくれるから』

そう微笑みを残し、『彼女』は連れて行かれてしまった。飛竜は待った。ずっとずっと長く待ち続けた。彼は知っていた。『彼女』は弱く短命な種族だがかしこい生き物だ。今まで『彼女』が嘘を吐《つ》いたことなど一度もない。飛竜は『彼女』の信じる村人のことはよく知らなかったが、『彼女』と同じ種族で似た者ならば善き生き物なのだと思えた。

きっと約束は果たされる。彼女のことは村人が助けてくれるに違いない。

そう彼は信じた。だが、何日待っても誰も訪れはしなかった。

少しでも場を離れればその時に『彼女』が来るかもしれない。飛竜が待っていなかったのだと『彼女』を落胆させたくはなかった。彼は水辺に行かず食べ物も探さず、『彼女』の家を守り続けた。雨の日は翼を広げ、風の強い日は崩れかけの壁に寄り添った。

更に時が過ぎた。何日も待ったがやはり誰も来ない。

彼の不安が『彼女』の言葉への信頼を越えかけた時、やっと村人達が訪れた。彼らは『彼女』を連れてはいなかった。それでも飛竜は期待に胸を膨らませた。きっと今すぐにでも、彼らは『彼女』を連れ戻しに行くことを飛竜に約束してくれるはずだった。彼らは『彼女』が信じていた善き生き物達なのだから。そう、きっとそうに違いない。

彼らは『彼女』を、飛竜の下へ連れて帰ってきてくれる。

「あぁ……本当に連れていかれちまったんだな。俺達のせいだ。俺達が、アイツらにあの人の家を教えさえしなけりゃ………こんなことには」

「おいっ、馬鹿言うな。教えなきゃどうなってたかを考えてみろ。くっそ、今更確認になんて来なきゃよかったんだ。俺達は悪くねぇ、悪くねぇぞ」

「だからって、アレがどうなっているか……放っておくわけにもいかんだろう」

彼らはぼそぼそと囁きあい、飛竜に視線を送った。その言葉を聞き、飛竜はざわりと鱗が逆立つような感覚を覚えた。だが、飛竜は必死に今聞いたことについては考えまいとした。彼らは『彼女』を取り戻しに行ってくれる生き物だ。そのはずなのだから。『彼女』は信じて、彼らの、人間の助けを待っている。だから、彼らを傷つけてはいけなかった。彼らは善き生き物だ。善き生き物のはずなのだ。けれども、笑うように、泣くように、唇を不恰好《ぶかっこう》に曲げて村人達は言い放った。

「まぁ、あの人がいなくなっても、コイツは大人《おとな》しいしな。村の娘が犠牲にならなくて本当によかったよ」

「あぁ、その通りだ。それにこしたことはないわなぁ」

短い笑いが起こった。だが、彼らはすぐにそれを止めた。

脱《ぬ》いだ帽子を胸に押し当て、彼らは唇を噛み、下を見つめた。その言葉と表情に、後悔が含まれていることは飛竜にもわかった。だが、それだけで十分だった。彼の感情を怒りが焼きつくすのに、彼らの言葉はあまりにも十分すぎた。

人の訪れない『彼女』の家に乱暴な人間達が来たのは一体誰のせいだったのか、彼は知ってしまった。

人も増えると聞く。村人達には娘がいてそこに帰るのだ。けれども、彼と『彼女』はもう二度と会うことなどできないのだろう。

『大丈夫よ。きっと、私のことは村の人たちが助けてくれるから』

雨が降っていた。その手は震えていた。そういえば、微笑んだ彼女は。

彼女はあの時、泣いていたのかもしれなかった。

彼は愚かにも気づかなかったが、あれがきっと――最後の別れだったのだろう。

その瞬間、飛竜は悲鳴のような声をあげた。村人達は一斉に彼を見る。もうここにいる必要はなかった。屋根を務めていた翼を、飛竜はもう誰も帰らない家から持ちあげた。

――クゥウッ
再び飛竜は小さく鳴いた。辛い記憶を振り払い、彼は澄んだ夜空を見つめる。その時彼の視界の端《はし》で闇が動いた。飛竜の体を覆う蔦の一部がほどけ、まるで犬の尾のように左右にぴこぴこと揺れる。なんだと飛竜が目を細めると、それは人に似た形を取った。

快活な口調で、陰鬱な声が響く。


「よぉ、若造」


左右に長い耳を動かしながら、クーシュナが片手を挙《あ》げた。先ほど自分を負かした異形を見て、何をしに来たのかと飛竜は小さく唸《うな》った。だが、それをどこ吹く風と受け流し、クーシュナは歩きだした。彼は飛竜の前を跳ぶように横切り、くつくつと笑った。

「まぁ、なんとも無様《ぶざま》なことよなぁ。人間なぞ信じるからだ。この痴《し》れ者《もの》が」

クーシュナはそう飛竜を嘲《あざけ》った。飛竜はふざけるなと必死にもがくが、やはり尾を動かすことすらできない。あろうことか、クーシュナは胸を張って彼の周りを巡り始めた。

ふわふわの尻尾《しっぽ》をぴこぴこと揺らし、クーシュナは嘲笑《あざわら》うような演説を続ける。

「全くもって愚かの極《きわ》みだ。さっさと村人達を殺しつくしてしまえばいいものを、むやみともったいぶるからこうなる。まぁ、貴様も割りきれなかったんだろうが。あるいは、奴らが聖女を連れて帰る可能性を捨てきれなかったか。ハッ、甘い甘い。人など毒虫も同じよ。さっさと叩き潰さなければ、こちらが噛まれることとなる」

不意にクーシュナは踵《かかと》に踵をぶつけ、立ち止まった。パァンッと派手な音をたて、彼は芝居《しばい》じみた仕草で両の掌を打ちあわせる。

「――――だが、な」

顔を斜《なな》めに傾げながら、クーシュナは飛竜を振り向いた。大きな紅《あか》い目が歪《いびつ》に細められる。月を背に、その顔は不吉に光って見えた。にぃっと笑い、クーシュナは囁く。

「少女を信じたことは別だ。恋人のように月のように花のように、想う者がいたのなら、その者に付き従うことは間違いではないよ。それこそ、弱い種族と共に生きる者の、惚《ほ》れた者の義務だ。毒虫の中に花を見つけた者の定めだ。所詮酔狂《しょせんすいきょう》だがな、それに命を賭《か》けると決めたのなら」

クーシュナは細く黒い腕を高々と掲げた。月に重なった指を、彼は軽く鳴らす。

――――パチンッ、パチンッ

「賭けきらねば、ちと恰好がつかんぞ？」

音をたてて、飛竜の体を縛る影が切れた。飛竜は大きく目を見開く。

クーシュナはもう笑ってはいなかった。彼は冷淡《れいたん》に思えるほどの真剣な口調と、聞く者に威圧《いあつ》を与える低い声で囁く。

「夜ならば影が消えると思うだろう？　だがな、闇は全て我のものだ。本来、夜の中の方が我は一番強い。だからな――――これは慈悲《じひ》だ。わかれ」

飛竜の体は徐々に自由になっていく。彼はゆっくりと体を蠢《うごめ》かせた。

翼を開き、彼は力強く空気を叩いた。だがまだ甘い痺《しび》れは取れてない。その口には青いリボンが結ばれたままになっている。それでも飛竜は必死でもがいた。その動きに合わせて、クーシュナは両手で拍子《ひょうし》をとり、歌うように続けた。

「いい子だと撫でる手を忘れられないのだろう？　傷つけるなと囁かれただけで動かないと決めたのだろう？　それでいいそれでこそだ。だがお前は間違えた。愚かだ阿呆《あほう》だ。竜種でありながら死んだ方がマシな畜生《ちくしょう》だ。あんな毒虫共をいたぶっている場合か」

突然クーシュナは片足をあげ、飛竜の鼻先を踏みつけた。低く唸る飛竜に、彼は囁く。

「お前が殺すべき相手は別にいるだろう？」

――――グゥゥ
応えるように、飛竜は翼を動かした。黒い夜会服の裾《すそ》をなびかせ、クーシュナは月を背に笑う。ビッと空気を裂いて持ち上げられた右腕が、針のように遠い山合いを指した。

「東に山を二つ越えた谷間、その周辺で先月から野盗の被害が多発しているという。奪い返せ。まだ生きているかはわからぬ。無事かもわからぬ。どうなっているかも知らぬ。それでも飛べ。今まで動かなかったのは貴様だ。愚かだったのは貴様だ。間に合わなければ死ね。己《おのれ》の愚かさを悔《く》いて死ね。急げ急げ急げ急げ、急げ、急げ、急げっ！」

クーシュナの声に合わせ、飛竜は翼を羽ばたかせた。彼は痺れを無視して懸命に飛ぼうと試《こころ》みる。辺りにごうごうと風が巻き起こった。彼は青いリボンの結ばれた首を無理やり持ちあげる。その目から大粒の涙が零れ落ち、きらきらと月光を反射して光った。

同時に、クーシュナは合図のように高らかに指を鳴らした。

――――パチンッ

――――バサッ

青色のリボンが落ち、飛竜は飛びたった。その姿はあっという間に影になり、月に吸いこまれるように遠ざかっていく。空を堂々と泳ぐ姿を眺め、クーシュナは小さく息を吐いた。彼はポケットに手を突っこみ、自嘲的な声音で独り言を呟いた。

「――――何せ、人は、すぐに死ぬからなぁ」

異変を察した人々が外に飛びだしてくる。悲鳴があがる前に、彼は再び指を鳴らした。後にはもう何も残らない。ただ廃屋跡と固い地面が広がるばかりだった。

＊　＊　＊

翌朝、爽《さわ》やかな空気の中、樫材の机の上にトローは腹ばいになっていた。彼はぴっ、ぴーっと普通の蝙蝠ではだしえない音を発して、フェリに語りかける。フェリはふむふむと頷き、彼の鳴き声に合わせ、紙に点と線を引いていった。トローが鳴き終わると、今度は信号を文字に翻訳《ほんやく》していく。できあがった文章を読み、フェリは大きく頷いた。

「別の調査員から試験管の小人《ホムンクルス》の感応能力を使用した連絡を受けました。該当個体は山を越えたそうです。戻る様子は見られません。危険個体ではありますが、今後、みなさんの生活を脅《おびや》かすことはないでしょう。私は旅の身ゆえ、後ほど、ここの管轄《かんかつ》は該当範囲の調査官に引き継がれます。報告は行っておきますね。それではお疲れ様でした」

フェリはそう深々と頭を下げた。その前では、集まった村人達が魂《たましい》が抜けたかのように呆《ほう》けている。彼らはもう何の補償も得られないのだ。中の数人は、お前が故意に逃がしたのではないかと疑《うたが》うようにフェリを睨んでいた。だが、不意にトマスが呟いた。

「…………あぁ、でも、これでよかったのかもしれないな」

帽子を胸に押し当て、彼は噛み締めるように言った。その背中をイヴェールがどつく。だが、多くの村人の顔には安堵《あんど》にも似た色が広がっていた。何か憑《つ》き物《もの》の落ちたような、悪夢の去ったような顔で、彼らは辺りを見回す。やがて、村長は席を立つと口を開いた。

「調査員、フェリ・エッヘナ殿、あなたのご協力に感謝します。お勤《つと》め、ご苦労様でした……さっ、お前達、何をしている。もう飛竜は来ないのだ。仕事を始めるぞ。油断はできない。冬はすぐに来るのだ」

それに頷き、人々は動き始めた。フェリはトローがヴェールに張りつくのを待ち、再び頭を下げ、その場を後にした。彼女は後ろ手に軋む扉を閉じ、丘を降りる。

麦畑で働く女達を見ながら、彼女は再び森へ向かった。

木々の間に入りこもうとした時、後ろから高い声が彼女を呼び止めた。フェリが振り向くと、子供達が駆け寄ってきた。彼らは息を荒らげながら、ソバカスの散った頬を赤くしてフェリに何かを押しつける。

「あの、これは？」

「内緒だよって、父さんと母さんが」

小さな籐籠《ふじかご》の中には固焼きのパンと水分の少ないチーズ、蓋つきの牛乳の器が入っていた。フェリは穏《おだ》やかな顔で籠を抱き、深々と頭を下げた。戸惑《とまど》う子供に、彼女は囁く。

「どうかありがとうございました、と、お伝えください」

フェリは再度礼を言い、籠を片手に下げると森の中へ歩を進めた。彼女が途中で振り向くと、子供達は大きく手を振っていた。

そのまま長く長く、彼らは手を振り続けていた。

＊　＊　＊

慣れた足取りで、フェリは積み重なった葉を踏む。森の中にまだ生き物の姿はない。だが、すぐに妖精や獣、小さな幻獣も戻ってくることだろう。フェリにはそれがわかっていた。彼女が蜂蜜色の目に森を映していると、その足元の影がほどけ、クーシュナが隣に並んだ。両手を頭の後ろで組みあわせ、彼はおどけた調子で歩きだす。

「聞かないのだな？」

「わかっていますから」

「わかっているのに、よいのか？」

「あなたは私ではないから」

「ん？　それはどういうことだ、我が花よ」

ピンクの鼻をひくひくと動かし、クーシュナは尋ねた。問いかけに、フェリは穏やかな微笑みで応える。蜂蜜色の目を閉じて、彼女は内緒話を囁くように言った。

「あなたは幻獣調査員ではない。だから、決まりに縛られなくてもいい」

「なるほど。納得したぞ。確かに、その通りだ。我のお前は強情《ごうじょう》なだけでなく、柔軟《じゅうなん》な思考の持ち主でもあるな。労《ねぎら》いに欲しい物はないか？　お前が望むなら、それこそ人の望みうる全てをやるぞ？」

「欲しいものはないから」

「で、あろうなぁ」

フェリのつれない返事を楽しむように、クーシュナはくつくつと笑った。その隣をフェリは歩き続ける。だが、彼女は不意に何かを思いだしたかのように足を止め、くいっくいっとクーシュナの袖を引いた。首を傾げて、クーシュナは彼女を振り向く。

「どうした、主？」

「クーシュナ、ちょっと」

「ん？」

屈《かが》めと言うようにフェリは手を動かした。クーシュナが応えて頭を下げると、彼女は腕を伸ばした。質のいい毛に覆われた兎の頭を、フェリはもふもふと丁寧《ていねい》に撫でる。

「いい子、いい子」

「んん？　なんだ、なんだ？　何事だ？」

「トローがね、飛竜がいなくなる時の周囲の声を、少しだけ拾《ひろ》ったと話してくれたの」

「ん？」

「だから、あなたも撫でられるの、好きなのかなって」

それだけよと微笑んで、フェリは歩きだした。後に残されたクーシュナは呆然《ぼうぜん》と立ちつくす。彼はパンッと大きな掌で顔を覆った。そして、声をあげて高らかに笑いだした。

「はははははっ、これよ、これっ。全くくだらぬがこれのために確かに死ねるわっ！」

うるさいと顔をしかめながら、トローはフェリのヴェールをつんつんと口で引っ張った。トローもいい子ねと、フェリはその頭を撫でてやる。

クーシュナは上機嫌にフェリに追いつき、おい、小僧っ子もかと不満を訴えた。その顔にトローは間髪《かんはつ》を容《い》れずに飛びつく。ふたりは仲がいいのねとフェリは微笑んだ。

彼らは共に森を行く。

その後ろを金色の羽をした、妖精が飛んでいった。

村から東に山を二つ越えた谷間にて、野盗のあじとが襲われた。何者かの炎に焼かれ、盗賊達は逃げまどい、何人かが死んだという。今ではその場には、草木一本残っていない。こうして、長く各地で続いていた野盗の被害は終わりを告《つ》げた。

＊　＊　＊

それと関連があるのかどうかはわからないが、時を同じくして、ひとつ珍《めずら》しい目撃証言があった。羊達を連れた老人が、この地にはいないはずの空を飛ぶ竜を目撃したのだ。

老人の見間違いでなければ、悠々《ゆうゆう》と空を行くその背中には人影が乗っていたという。

そして、長くたくましい尾には、誇らしげに青いリボンが巻かれていたという話だ。

闇の王様のお話 2

王様は生まれたときから、自分が王様であることを知っていました。

何せ、王様はとてもとても特別な生き物だったからです。

彼のお父様は凄《すご》く強い幻獣で、彼のお母様は意志を持った闇そのものでした。

彼が生まれたときお父様は既《すで》に亡《な》くなっており、彼の側《そば》にはその巨大な軀《むくろ》が落ちていました。亡骸《なきがら》には無数の鳥や獣《けもの》、妖精や幻獣が集《たか》っていましたが、王様が目覚めると皆一斉に逃げだしました。お母様は彼の目覚めを見届けた後、ひとつだけ、お父様の残した言葉を告《つ》げ、自分自身はなにも言うことなく、ふっと消えてしまいました（そもそも、彼女は自分の言語を持たなかったのかもしれません）。

最初、お母様と同じように、彼には形がありませんでした。彼は闇のままでいるのか、形を持つのかを決めなければいけませんでした。その時、お父様の軀の影から、逃げ遅れた黒くて小さい、丸い生き物が跳《は》ねました――うさぎ――そう、王様の頭には自然と言葉が浮かびました。王様は兎の長い耳が気にいり、それを自分の形にしました。

ひくひくとピンク色の鼻を動かしながら、王様はあてどもなく跳ねました。跳ねて、跳ねて、跳ねて、王様はある国に辿《たど》り着《つ》きました。

街では火の手があがり、大勢の人々が無残《むざん》に殺されていました。王様は死にたくないと訴《うった》えるたくさんの悲痛な叫び声を聞きました。城では未《いま》だ、多くの兵士達が戦っています。飽《あ》きることなく剣を交《か》わす二色の鎧《よろい》を見て、王様は思いました。

なんてうるさくて、なんて愚《おろ》かなんだろう。ここには憎悪と悲しみが集まりすぎている。どちらが勝っても、打《う》ち捨《す》てられた無数の軀が、やがて病《やまい》を運んできて何もかもを殺すだろう。何故《なぜ》、そんなことにも気づかずに、こいつらは争い続けるのだろうか。

自分達の醜《みにく》い姿を目の当たりにすれば、その愚かさもわかるのだろうか。

王様は闇の体を広く伸ばし、いくつかにわけると目に入る全員の形を真似《まね》てみました。突然現れた、自分達と同じ顔を持つ軍勢に、生き残っていた兵士達は恐怖を覚えました。きっと、死神が自分と同じ姿をして現れたに違いない。このままでは皆殺しにされてしまう。そう思い、彼らは敵も味方も上官も部下もなく、我先に押しあいながら逃げだしました。

こうして、広い城の中で、王様はひとりぼっちになりました（と、言っても、今の王様はたくさんの体をもっているのですが）。

残された王様は、真似る形はひとつだけでいいな、と思いました（自分がたくさんいるのは、どうにも不自然です）。王様は人間達の中で、一番かっこいいなと思った形――少女の死体が抱《だ》いていた本の表紙に描かれていた、夜会服姿の人物――を真似て、それだけを残すことにしました。本物の人間よりもずっと細い体や、滲《にじ》んだインクのせいで黒一色に染まった服は、実はとても不自然なものでしたが、彼は気に入りました。ですが、やっぱり長い耳は惜《お》しかったので、顔だけは兎のものに戻しました。

これでやっと、王様は自分の形を決めることができました。

そして王様はそれが一番偉《えら》い人の席だと知っていたので、空《から》っぽの玉座に座りました。

ひとり座って、王様は広場を見渡しました。城にはまだたくさんの死体が残されていました。王様は指をパチンと鳴らして、それらを全てきれいさっぱり闇の中に葬《ほうむ》りました。

今度こそ完璧《かんぺき》にひとりぼっちになった王様は思いました。

どうやら、自分はあらゆるものを自由にできて、あらゆるものを壊《こわ》せるらしい。

自分が望めば全てのものは、この手の中にあるのだと。

そう気づいた途端《とたん》、王様には欲しい物なんて何もなくなってしまったのです。

第2話　バジリスクの卵

「太陽が八度沈《しず》み、九度昇《のぼ》るころ、バジリスクが、この村にバジリスクが産まれるであろぉおおおおおおおおおおおおおおっ！」

宝石の飾り帯が禍々《まがまが》しく輝く漆黒《しっこく》のローブ。白猫の毛皮が裏打ちされた、黒山羊《くろやぎ》の革製のごつい手袋と頭巾《ずきん》。眼球風に加工された古いガラス玉を、五重に連《つら》ねたネックレス。それに負けないほど肉のたるんだ首。皺《しわ》だらけの顔。ガマガエルそっくりに膨《ふく》らんだ頰《ほお》。トドメにカッと見開かれた血走った目と、咆哮《ほうこう》の形で固まった黄色い乱杙歯《らんぐいば》の光る口。

そんな気合の入った不気味な服装と顔馴染《かおなじ》みの子供だって泣きだす表情で、村の占いばあばは最悪な予言をした。そして今まで何度も村人達から引っ越しを勧《すす》められてきた風通しの悪いテントの中、泡《あわ》を吹《ふ》いてぶっ倒れた。

初夏《しょか》のことである。

後ほど、無事復活したばあばの証言では軽い酸欠《さんけつ》だったということだ。

予言はばあばの忠実な助手にして、彼女の若いころに瓜二《うりふた》つな孫娘――ちなみに美人である――フェデーレの迅速《じんそく》かつ無駄《むだ》のない働きによって村中に広められた。鍋《なべ》をカンカンと叩《たた》いて叫ぶ彼女の声から、逃れられた者は誰《だれ》もいなかった。

ばあばの村は小さな村だ。自慢といえば、先々代の時代に都市部で一旗《ひとはた》あげた男が建ててくれたちょっとした鶏舎《けいしゃ》と、そこでとれる新鮮な卵くらいなものである。

そんなのどかで平和でへんぴな村に、何故《なぜ》バジリスクがと村人達は混乱に陥《おちい》った。天地がひっくり返るような騒ぎに便乗し、鶏達は餌置《えさお》き場を襲撃《しゅうげき》、普段の二倍の量を貪《むさぼ》ったが、調子の悪い雄鶏《おんどり》だけはあまり食べることなく、何故か寝藁《ねわら》を掘《ほ》り返《かえ》し続けていた。

ちなみにバジリスクとは、甲高《かんだか》い声で鳴き、視線だけで見る者を石に変え、吐く息で疫病《えきびょう》をもたらす――怪物と呼んだほうがふさわしいような――幻獣のことである。

どうかこの恐ろしい予言だけは外れてくれますようにと、村人達は切《せつ》に願った。だが、忌々《いまいま》しいことに、今までばあばの予言は百発百中だった。それこそ、ばあばは村の石碑《せきひ》に雷が落ちること、竜巻の巻きあげた川魚が空から降ってくること、鍛冶屋《かじや》の残り少ない髪が全部ハゲる日まで、ことごとく言い当《あ》ててきたのである。村人達からすれば、ばあばの予言は避けられぬ運命であり、そもそもばあばが予言をするせいで不幸が起こるんじゃないかとの疑惑すら持ちあがっているほどだった。特に鍛冶屋の恨《うら》みは根深く、彼は酒が入るたび俺《おれ》のハゲはばあばのせいだと愚痴《ぐち》り続けていた。だが、予言がなくともその髪は一年をもたずに全滅《ぜんめつ》していただろう、というのが村人全員の共通見解である。

閑話休題《かんわきゅうだい》。

とにもかくにも、予言は下《くだ》されてしまった。村人達は太陽が昇り、沈むのを恐れ、怯《おび》えながら日々を送った。だが、騒ぎの発端《ほったん》の一因《いちいん》であるフェデーレだけはしなやかな紅《あか》髪《がみ》を掻《か》きあげて、今更怖《いまさらこわ》がってどうするの、なんとかなるよと笑っていた。

村人達の不安をよそに、鶏は鳴き、太陽は昇り、沈み、月が昇り、沈み、鶏が鳴いた。

その間、ずっと雄鶏は寝藁を掘り返し続けていた。

＊　＊　＊

八度目の太陽が沈み、約束の日が訪れた。

同日、九度目の太陽の昇る前に珍しい客も訪れた。


「朝早くにすみません。旅の者なのですが」


そう聞いて、村人達は思わず顔を見あわせた。

へんぴな村に、旅人が来ることは滅多《めった》にない。この村への客人といえば、卵や鶏をわけて欲しくてやってくる、近隣の村人くらいのものであった。しかも、彼らもバジリスクの噂《うわさ》を聞いた後は、わざわざ絶縁状《ぜつえんじょう》を置いて去って行き、以来没交渉《ぼっこうしょう》状態だ。

何故、こんな村にと話を聞くと、少女はうら若き身で幻獣の情報を集めるための旅をしているのだという。彼女は幻獣について調べ、得《え》た知識を本に記《しる》すため、あまり旅人の立ち寄らない場所も選んで渡り歩いているとのことだった。

村人達は再び顔を見あわせた。珍しい旅の理由、このタイミング、村人達が一縷《いちる》の奇跡に縋《すが》りたくなったのも無理のない話だろう。彼らは恐る恐る、彼女に尋《たず》ねた。

「あの……もしや、あなたは幻獣調査官殿では？」

「残念ながら、私は国属の幻獣調査官ではありません。ですが、同等の権利を持つ幻獣調査員ではあります。何か、幻獣でお困りのことがありましたら、なんでもお手伝いさせていただきますよ？」

その返事を聞いた瞬間、村人達は歓喜し、狂喜《きょうき》し、床に頭をぶつけ、流れ作業で卵を運んでくると空に投げまくった。ちなみに、これは村に代々伝わる祝事の祝い方だったが、少女には見事な困惑顔をされてしまった。

村人達は興奮がひと段落すると、これぞ神の助けに違いないと少女に泣いて助けを乞《こ》うた。だが、そこで彼らはハッと我に返った。相手は生きる災害バジリスクだ。こんなか弱い少女に対処を頼んでいいものだろうか。だが、他に方法はない。なんでばあばはロクな予言をしない？　そう嘆《なげ》く村人達から話を聞き、少女は頷《うなず》いた。

「バジリスクですか……存在自体が獣害《じゅうがい》に当たる、『第一種危険幻獣』ですね。それは大変です。でも、簡単ですよ！　よろしければ、鶏舎にご案内いただけますか？」

思わぬ爽《さわ》やかな返事に、村人達はぽかんとした。本当に大丈夫かなこの子と心配にもなった。だが、そう言ってくださるなら……と村人達は少女を自慢の鶏舎に案内した。

＊　＊　＊

狭《せま》いが風通しがよく、運動場と隣接した鶏舎には多くの鶏が平飼いにされている。

鶏達は寝藁の上を自由に移動し、餌箱に顔を突っこみ、時に産卵箱に潜《もぐ》りこんでは卵を産み落としていた。ばあば特製の餌を与えられている鶏達は丸々と肥《こ》え、人慣《ひとな》れもしている。なんだどうした、お前は誰だと鶏達に一斉に群《むら》がられ、少女は目を白黒させた。

「み、皆さん凄《すご》くお元気ですね？　あの、この中で最近餌を食べなくなったり、寝藁を掘り返したりして、落ち着かない雄鶏はいませんでしたか？　今は陽気なほどに元気だと思うのですが？」

村人達は雌鶏《めんどり》とわけられている雄鶏の中から、こいつだと確信できる一羽を指さした。今、そいつは飛べない翼をはばたかせ、右へ左へ猛烈《もうれつ》な速度で爆走を続けている。

次に、少女はその雄鶏の寝床を尋ねた。村人達がよく雄鶏が寝藁を掘り返していた位置を示すと、彼女は糞《くそ》と餌と羽毛で汚れた藁を躊躇《ためら》いなく白い手で探りだした。

「バジリスクは雄鶏の産んだ卵から孵《かえ》ります。正確には精《せい》と糞の混ざった卵に似たものから、なのですが。雄鶏はそれを寝藁の下に掘った穴に隠すように産み落とすんです。

本来ならそのまま腐《くさ》ってしまうんですが……あっ、ほらっ、やっぱりいましたよ！」

少女は明るい声をあげ、寝藁の下を示した。覗《のぞ》きこんで、村人達はぎょっとした。なんと一匹のヒキガエルが卵にしがみついているではないか。そのぶよぶよした腹の下で卵は粘液《ねんえき》に塗《まみ》れている。なんだこれはと戸惑《とまど》う村人達の前で少女は胸を張って説明した。

「卵の匂いに引き寄せられたヒキガエルが、こうして親鳥のように冷たい肌で卵を孵すんです。すると、ほらっ、見てくださいっ！　バジリスクが産まれますよっ！」

少女は変わらぬ明るい口調で、とんでもないことを宣言した。ヒキガエルがゲコッと跳ね飛び、残された卵の表面には罅《ひび》が入った。どろりとその中身が溢《あふ》れだす。


丁度《ちょうど》、九度目の太陽の光が、鶏舎に射《さ》しこんだ瞬間だった。

なんてこった。遅かった。卵は割れ、バジリスクは産まれてしまった。

この瞬間、ばあばの予言は成立したのだ。

そう絶望した村人達は産まれたてのバジリスクをまともに見ることなく、一斉《いっせい》に逃げだした。その瞬間、ヒュッと空気を切るような音と共に陰鬱《いんうつ》な声が軽やかに響《ひび》いた。

「主《あるじ》よ、捕《と》ったぞー」

何が起きたかわからなくて、村人達はそれぞれ鶏を両脇に抱《かか》えたり、寝藁の下に隠れようとしているポーズのままで固まった。彼らが恐る恐る振り向くと、産まれたはずのバジリスクはもうそこにはいなかった。後には粘液跡だけが広がっている。

そして、少女はぴこぴこと動く影と何やら話をしていた。

「ありがとう、クーシュナ。流石《さすが》の早業《はやわざ》ね」

「ふむ、これはこれでなかなかに珍しいものではないか。確かバジリスクは希少種《きしょうしゅ》だったな？　生態の情報も乏《とぼ》しい。このまま闇の中で眠らせて、保管しておくとしようか」

「うん、それがいいと思うの。大事にしてあげてね……皆さん、大丈夫ですか？　あっ、そうです。すみません。言い忘れてしまいましたが、バジリスクは、人間がバジリスクを見る方が早ければ死んでしまいますから、産まれたてはほぼ無力ですので逃げなくても大丈夫だったんですよ？」

少女はさらりと、なんだかもの凄く重要なことを言った。

その背後では、鶏達が時の声をあげ、開いたままの扉《とびら》から脱走を計《はか》っている。白い羽の舞い飛ぶ大騒ぎの中、少女は丁寧《ていねい》に頭を下げた。

「それでは、お疲《つか》れ様《さま》でした！」

その爽やかな笑顔を見て、お疲れ様ですと村人達も脊髄反射《せきずいはんしゃ》で応えた。

＊　＊　＊

少女は村に一泊し、新鮮な卵料理に昼、晩、朝と舌鼓《したつづみ》を打った。翌日、彼女は村人達が土産《みやげ》にと渡した鶏肉の燻製《くんせい》を喜び、他にも物資を補給すると笑顔で続けた。

「こんなにたくさん……本当に色々とありがとうございました。あっ、鶏舎は五月に徹底的に掃除《そうじ》をして、クマシデの枝を置いておくといいですよ」

それじゃあ、と少女はお辞儀《じぎ》をして出て行った。彼女が飼っているらしい蝙蝠《こうもり》が、その後ろにパタパタと羽ばたきながら続く。最後まで爽やかに幻獣調査員は立ち去った。

残された村人達は思わず顔を見あわせた。

ほうら、意外となんとかなったじゃない。そう紅髪のフェデーレが言った。

以来、村では『恐ろしく思えるが、実際体験してみるとなんてことないこと』の喩《たと》えとして、『バジリスクの卵』という言葉が使われるようになったという。

闇の王様のお話 3

それはそれは退屈《たいくつ》で長い時間が、それはそれはあっという間に過《す》ぎ去《さ》りました。

何度か人間達は軍勢を率《ひき》いて城を取り返しにやって来ました。ですが、王様は城が気に入っていたので、その度に闇の嵐《あらし》で追い払い、入り口を黒い茨《いばら》で埋《う》めてしまいました。ひとりで暮らす王様は、この城に今まで棲《す》んでいた人間達の記録を読《よ》み漁《あさ》ってみました。記録には様々な戦いの歴史が実に誇《ほこ》らしげに刻《きざ》まれていました。王様は醜《みにく》く殺しあう人々の姿を思いだし、人とは醜い毒虫のようなものなのだなと考えました。

終わらない退屈の中、やがて王様は自分がここにいる意味について考え始めました。

王様は特別に強い幻獣と闇そのものの子供です。特別なふたりの間にできた彼には、何かやるべきことがあるはずです。王様は考えに考えて、この世界にひとりとして同じもののいない自分は、生態系の変化のため――王様の生まれる前の生き物達の領土《りょうど》の全てを変えてしまうために――生まれたのではないかと考え始めました。だって、記録によれば、王様という存在は戦い、領土を奪《うば》うためにいるようなものらしいのです。

そのためには、たくさんの存在を――特に人間を――壊すことになるでしょう。ですが、人間は自分達で壊しあっているのです。今更《いまさら》、何を躊躇《ためら》う必要があるでしょう。

あの残酷《ざんこく》な光景を何度も思い返し、王様がそう決意しかけていた時のことです。城に、変な客がやって来ました。

そいつは黒い茨を器用にかいくぐり、通路に積もった瓦礫《がれき》をえっちらおっちら乗り越えて、ボロボロの姿で王様の前に現れました。

絹糸《きぬいと》のような、果実《かじつ》のような、そんな白さを持っているのに、それを汚しに汚して、その小さな少女はやって来たのです。お前はなんだと眉《まゆ》をひそめる王様の前で、彼女は蜂蜜色《はちみついろ》の瞳《ひとみ》を輝かせて、肩掛《かたか》け鞄《かばん》の中から、重そうな本を取りだしました。

「やっぱり、この城に棲む魔王とは幻獣のことだったのですねっ！　はじめまして、私は幻獣調査員として、この書に幻獣の詳細な情報を記《しる》して人々に知らせることで、人と幻獣の共存の道を探るための旅をしています。あの、あなたは新種の幻獣とお見受けしますが」

パチンッと、王様はそこで指を鳴らしました。
王様は少女を闇の波で押し流し、ぽいっと外に捨てました。

やれやれと王様は首を横に振りました。ひとりになった王様は、退屈な世界の中、再びやるべきことについて考え始めました。今のは一体なんだったのか。
おかしな生き物がいるものだ。ですが、しばらくして、ひょこっとまた同じ少女が王様の前に立ちました。流石《さすが》にびっくりする王様の前で、更《さら》に薄汚れた少女は、王様に物怖《ものお》じすることなく言いました。

「びっくりしたではないですか。お願いします。もう少しだけ話を聞いてください……。ううん、こうして見ると、どうやらあなたは幻獣と、現在人類には理論上でしか存在の確認されていない、精霊種との混血である可能性が高そうですね……この二者が交《まじ》わるなんて、何か特別な目的のためだったのかな……あなたはとても珍しくて強い存在ですが、その力について」

パチンッと、王様は再び指を鳴らしました。
王様は少女を闇の波で押し流し、もう一度ぽいっと外に捨てました。

やれやれと王様は首を横に振りました。本当になんだったんだ。だが、これでもう奴《やつ》は来ないだろう。ですが、しばらくしてまた少女はひょっこり現れました。
その頭の上の白いヴェールは、茨に引っかかったのか盛大《せいだい》に破《やぶ》けています。ズタボロの布きれを被《かぶ》ったまま、少女は全くめげない様子で言いました。

「わかりました。質問は後にします。とりあえずスケッチさせてください」

なんなんだコイツ、と王様は思いました。

第3話 マーメイド

真《ま》っ青《さお》に晴れ渡った空の下、金の光を浮かべた海が網《あみ》目状《めじょう》に広がっている。

海面から吹きつける風はどこか甘く生臭《なまぐさ》い。べたべたと毛に絡《から》みつく潮風《しおかぜ》を嫌がり、トローは広場に置かれた、銛《もり》を捧げ持つ聖人像の腕にぶら下がったまま顔をぬぐった。

白いヴェールを押さえて、フェリは眩《まぶ》しい町並みを眺《なが》める。

高台にある広場からは、鮮《あざ》やかに輝く白い家々と青い海が見渡せた。

壁に囲まれた崖上の町は要塞《ようさい》のように厳《いか》ついが、夏の太陽のまっすぐな光に洗われ、開放的に栄《さか》えている。防水性を考え、白い漆喰《しっくい》を塗られた町並みは訪れる人々の目を楽しませた。広場から見降ろせる漁港には、今まさに大型船が帰港したところだ。船底にしまわれた魚達が網で持ちあげられると、零《こぼ》れ落《お》ちた数十匹が銀色に輝きながら甲板《かんぱん》上を跳《は》ね回《まわ》った。太い縄《なわ》を引く船員達の動きはきびきびとして、力強さに溢《あふ》れている。

視界いっぱいに広がる光景の全てを見回して、フェリは囁《ささや》いた。

「素敵な街ね、クーシュナ。どこもかしこもきらきらしてる」

「冬になればこういう街ほど陰鬱《いんうつ》に沈《しず》むものだがな。この海も空も天候に恵《めぐ》まれた日だけだろうよ。まぁ新鮮な魚介はたらふく食べられそうだが。我が花よ、魚は好きか？」

「私はタコが一番好き」

「お前のことが、ちょっとたまに我にはよくわからぬのだな」

森を抜け、バジリスクの予言に怯《おび》えていた村を訪れた後、フェリ達は川を進む船に便乗し、日数をかけて海辺の街に辿《たど》り着《つ》いていた。夏は深まり、空は青く晴れ渡っている。

薄暗く、静かな山々では味わえない鮮烈な光と開放的な空気に、フェリは目を細めた。

そのまましばらく石畳の美しい広場で休んだ後、彼女は座っていた聖人像の台座から立ちあがった。パタパタと飛んできたトローが、そのヴェールにペトリと張りつく。

彼女はナナカマドの杖《つえ》を手に、傾斜《けいしゃ》が急な階段を降り始めた。

「一体どこへ行こうというのだ、我が花よ？」

「海へ。ここなら海にしかいない幻獣に会えるはずだから、海岸を回ろうと思うの」

「仕事熱心なことよなぁ。迷路のごとく、この街は無駄《むだ》に入り組んではいるようだが、まぁどの階段を下っても大抵は海辺に辿り着けるであろうよ。転ばぬように気をつけることだ。まぁ、転んでもこの我には余裕で受け止められるが……ん？」

そこで、急にクーシュナは言葉を止めた。フェリも異変を察《さっ》し、耳をそばだてる。

どこからか風に乗って、竪琴《たてごと》の音色と女性の歌声が聞こえてきた。柔《やわ》らかく耳をくすぐる声にフェリは思わず呟《つぶや》いた。

「…………なんて美しい声」

その歌声には蜜をたっぷりたたえた爛《ただ》れた花か、熟《う》れすぎた果実のような一歩間違えば毒に変わりかねない危うい甘さがあった。声は聞く者の耳に舌で愛撫《あいぶ》されるかのような快感を与えてくる。刺激が強すぎたのかふらふらと酔《よ》ったようになり、トローはフェリのヴェールからずり落ちた。それをフェリははしっと受け止め、頭の上に戻してやる。

しばらく歌に聞き惚《ほ》れた後、フェリはある結論をだした。

芳《かぐわ》しい酒のようなこの声は、人のものではありえない。


「マーメイドだ」

音を追って、フェリは歩きだした。迷路のように入り組んだ階段を、彼女はひたすら降りて行く。途中三叉《みつまた》に別れた道で迷いかけたが、音を探って歩き続けた。

やがて階段は断崖《だんがい》に沿って崖裏へ回っていく、細く寂《さび》れたものとなった。

左手に岩壁の迫《せま》る急な石段をフェリは辿って行く。徐々《じょじょ》に潮の匂いが濃《こ》くなり、波音と歌声、そして繊細《せんさい》な楽器の音が近づいてきた。フェリは思わず首を傾《かし》げる。

「……………竪琴の音？」

人魚は人の楽器を弾《ひ》かないはずだ。

不思議に思いながらも、石段を降りきったところで、急に彼女の目の前は明るくなった。フェリ達の前には、三日月形の狭《せま》い浜辺が広がっている。満潮になれば沈んでしまう場所なのか、濡《ぬ》れた砂の上には海藻《かいそう》や流木《りゅうぼく》、色とりどりの貝殻が取り残されていた。

そして間近で寄せては砕《くだ》ける波の上に、裸体の乙女《おとめ》が横たわっていた。

海に半《なか》ば隠されたその下半身には、虹色《にじいろ》にきらめく魚の尾がついている。その隣《となり》で、岩に腰掛けた青年が竪琴を弾いていた。栗色の前髪のかかった焦《こ》げ茶《ちゃ》の目は、愛《いと》しそうに人魚《マーメイド》に向けて細められている。だが、彼はフェリ達に気づくと動揺したように弦《げん》を弾《はじ》き、演奏を止《や》めてしまった。彼はじっとフェリの蜂蜜色《はちみついろ》の瞳《ひとみ》を見つめる。

「君は……………」

若者は急に黙《だま》りこみ、恐ろしい勢いで立ちあがった。彼は竪琴を胸に掻《か》き抱《いだ》き、砂浜を蹴《け》る。若者はフェリの横を危うくすり抜け、階段を駆《か》けあがっていった。

その反応に戸惑《とまど》いながらも、フェリは残された人魚に顔を向けた。

美しく豪奢《ごうしゃ》な金髪《きんぱつ》を揺《ゆ》らし、人魚は不機嫌《ふきげん》にフェリ達を見返す。宝石のような青の目をいらだたしげに歪《ゆが》め、彼女は肉厚な唇《くちびる》を開いた。

「日に焼かれていない肌に、海風に洗われていない髪をしているのね？　私の豊かな水から遠い地の者が、ここに一体何をしに来たというの？　あなたのせいで、私のいい子が行ってしまったわ」

「失礼しました。決して、お邪魔《じゃま》をするつもりはなかったのです。私は幻獣調査員のフェリ・エッヘナ。あなたは美しき海の歌い手、人魚《マーメイド》とお見受けします。よろしければ、この海での生活について少し……っ」

フェリが言い終わる前に、人魚は意外なほどの力強さで尾をしならせ、激しく海面を叩《たた》いた。彼女はフェリの顔に大量の海水を跳ね飛ばすと、唇を尖《とが》らせた。

「知らないわ。さっさと行ってしまいなさいな……あら？」

驚きに、人魚は大きく目を見開いた。彼女は意外だとでも言いたげな表情を浮かべる。

フェリの前には、小さく薄い闇の盾《たて》ができていた。兎頭《うさぎあたま》の異形《いぎょう》、クーシュナが表面に油膜《ゆまく》の張ったような複雑な輝きを見せる黒色を掲《かか》げている。

不機嫌に細められた彼の赤い目を見あげ、人魚はくすりと笑った。

「あら闇の王様。あなたがただの少女をかばっているなんて、まぁなんておかしなこと」

白い手を胸に添《そ》え、わざとらしく恭《うやうや》しいお辞儀《じぎ》をするとマーメイドは身を翻《ひるがえ》した。彼女は尾を力強くしならせ、青く輝く波間に潜《もぐ》っていく。

人魚がいなくなったのを確かめると、クーシュナは指を鳴らした。紙の破《やぶ》れるような音をたてて盾は消滅する。ある意味兎らしく不機嫌にカツカツと足を鳴らす彼を見あげ、フェリは礼を言った。

「ありがとう、クーシュナ」

「うむ、まぁ当然のことよ。礼などいらぬわ」

「あなたって有名だったのね？」

「まぁ……うむ、それなりに、な。うむ。広まっておるわ。まぁ、だが、別に気にすることではないぞ。我は有名であろうとなかろうと、変わらずに我故《ゆえ》な。我は我で、お前は我のお前で、小僧《こぞう》っ子《こ》は小僧っ子だが……ところで、知らぬうちに貴様はどうやら大惨事《だいさんじ》であるな？」

クーシュナがそう声をかけると、空中を羽ばたいていたトローは不機嫌な顔で振り返った。盾の前に飛びだしたせいで、彼はずぶ濡れになってしまっている。

その首筋をひょいっと摘《つま》みあげ、クーシュナは呆《あき》れた声をあげた。

「そんな顔をするな。盾の前に飛びだされて、どうかばえと言うのか……うむ、見事な濡れ蝙蝠《こうもり》よ。おい、怒るな、怒るな。故意《こい》に貴様だけをかばわなかったわけでは決してないぞ。顔面に小さい脚で蹴りを入れてくるでない。おいこらっ、いたいわっ」

「ごめんね、トロー。私をかばおうとしてくれたのね。うーん、べたべた。宿屋で水とふく物をいただけるといいけど……ほら、こっちにおいで」

フェリはトローを掌《てのひら》に載《の》せ、クーシュナを伴《ともな》って歩きだした。彼らは狭い階段をゆっくりと昇っていく。後には、濡れた灰色の砂浜と、寄せては返す青い波だけが残された。

――――――――ぱしゃりっ

不意に、水面から美しい顔が覗《のぞ》いた。長い金髪を海藻のように漂《ただよ》わせながら、人魚は晴れの日の海と同じ青い瞳で、遠ざかるフェリ達の背中をじっと見つめる。

――――――――ぱしゃんっ

そして、彼女は再び波間に消えた。

「すみません、この子が海で濡れてしまって。水とふく物をいただけませんか？」

＊　＊　＊

フェリがそう頼むと宿屋の女将《おかみ》は金ダライと水差し、布をこころよく渡してくれた。

フェリは客室の床に金ダライを置き、トローを載せると丁寧《ていねい》に真水をかけた。彼女は白い指で優しくトローを洗っていく。だが、すすぎ終えると、今度は一転して力強く、子供の髪を乾《かわ》かすように布でふいた。

フェリは微笑《ほほえ》み、室内を見回した。目を回し、トローは床の上にぱたりと倒れる。

開けっ放しの窓からは爽《さわ》やかな光と海風が入ってくる。海の匂いのする部屋は、まるで難破船《なんぱせん》の客室だ。黄色く色褪《いろあ》せたカーテンや壁、床はどこもかしこも細かな砂でざらついていた。不意にギィッと耳障《みみざわ》りな音をたて、湿《しっ》気《け》で膨《ふく》らんだ木製の扉《とびら》が揺れた。フェリが顔を向けると宿屋の子供達がキラキラと輝く瞳でトローを見ていた。トローに目配《めくば》せで許可を取り、フェリは彼らを手招《てまね》いた。

わっと駆けこんでくる子供達に、トローは得意げに空中旋回《せんかい》を披露《ひろう》した。

しばらくしてフェリはお腹が空《す》いてきた。だが、トローはまだ子供達と遊ぶという。

フェリはひとり、昼食をとりに一階の酒場へ降りることにした。

二階の宿屋の受付を通過し、一階に向かうとざわめきが近づいてきた。

吹き抜けから見降ろせる店内は褪せた赤色に塗《ぬ》られ、本物のイカリや珊瑚《さんご》が飾られている。昼間から酒を酌《く》み交《か》わす海の男達で店は繁盛《はんじょう》していた。フェリは混《こ》んでいる奥の席は避け、カウンターへ向かった。背の高い椅子《いす》によじ登り、さてと彼女は壁にかけられた品書きを眺める。銅板の魚の看板が掲げられた店は、やはり魚料理が自慢《じまん》らしい。

だが、字の汚さに困り果て、フェリは店主に声をかけた。

「すみません。何か手頃な価格で、オススメの料理はありませんか？」

ビチビチと動く鯛《たい》の頭をドカンッと切り落とし、店主はじろりとフェリを睨《にら》んだ。タコの入《い》れ墨《ずみ》の刻《きざ》まれた禿《は》げ頭を見て、フェリは思わず口を開いた。

「……………かっ」

「かっ？」

「かっこいいですね？」

「……………そっ、そうか。嬢《じょう》ちゃんはそう思うか？」

「ええ、タコは好きなんです。見事なタコですね」

「お、おうよ。あんがとよ………で、なんだった？」

「あっはい、何か手頃な価格で、オススメの料理はありませんか？」

「…………ありあわせに俺《おれ》のお任《まか》せでよけりゃ、最高に美味《うま》くて安いもんをだしてやるが」

「それでは、そちらでよろしくお願いします」

フェリがそう微笑むと、店主は短く頷《うなず》いた。彼は照《て》れたように鼻を掻き、次々と魚をさばいていく。しばらくして、数種の魚とイカと芋《いも》と野菜のぶつ切り、大粒のタコを陶《とう》製《せい》の器《うつわ》に入れ、香味油で焼いた料理が出てきた。切り身を作った余《あま》りを全て回してくれたのか随分と具材が豊富だ。器はまだ熱く、金色の油はぶしゅぶしゅと煮たっている。

フェリはフォークで厚みのある魚を刺《さ》し、口に入れた。ニンニクの効いた香味油と塩のみの単純な味つけが、魚肉の甘みを引きたてている。野菜にもいい出汁《だし》が染みていた。

「…………美味《おい》しい」

彼女が心から呟くと、店主は再び乱暴に鼻を掻いた。

フェリは大粒のタコを口に放りこみ、ぷりぷりの食感を噛《か》み締《し》めた。その時奥で誰《だれ》かの倒れる音がした。振り向こうとしたフェリに顔を寄せ、店主は酒焼けした声で囁いた。

「止めときな、嬢ちゃん。見たって気持ちのいいもんじゃねぇよ。それに、どうせいつものことさ」

「海の化け物のお情《なさ》けで生きてる腰抜けがよぉっ！」

バシャリッと飲み物のぶちまけられる音が響《ひび》いた。店主の制止を振りきって、フェリは後ろを向き、軽く目を見開いた。頭から酒を浴《あ》びせかけられ、床に倒れている人物は、昼間にフェリが浜辺で会った青年だ。彼の前では一仕事を終え、昼をとりに来たらしい日焼けした漁師達がにやにやと笑っている。

「お前の親父《おやじ》も爺様《じい》もそうだったぜ。お前たちの一家は、水の女にイカレちまった腰抜けだ。陸の男の風上にもおけやしねぇ」

「漁《りょう》にも出ねえで人魚の投げた魚に生かしてもらってんだろ？　いいご身分だよなぁ。化け物女に飼われるってのはどういう気分なんだ？　えっ？」

下卑《げび》た笑い声があがった。青年は下を見つめ、唇を嚙み締める。だが、ひと言も言い返すことなく、彼は立ちあがろうとした。その瞬間、涼《すず》やかな声が場に割りこんだ。

「人魚は人を飼いませんよ？」

「あっ？」

「何か誤解があるようですが、人魚には人を飼育する習慣はありません」

漁師達は一斉に顔をあげた。店主はやれやれと言うように片手で顔を覆《おお》った。床まで届かない足をきちんと揃《そろ》えて座り、フェリは物怖《ものお》じすることなく彼らの視線を受けとめる。口を挟《はさ》んできたのが思わぬ子供だったことに、男達は戸惑いながらも言い返した。

「なっ、なんだ。急にどうしたんだ、嬢ちゃん。アンタは知らないだろうがな。この腰抜けは、働きもしねぇで毎日俺達の何倍もの魚をあげてくるんだ。人魚様のご機嫌取りをして、情けなくへこへこ腰を振って、海の女に貢《みつ》いでもらってるんだぜ？」

「そのうち、指の間に水かきのあるガキが産まれるかもしれねぇな？」

「ぼっ、僕と彼女はそんなんじゃないっ！」

「うっせぇな、お前は黙ってろ」

「人でないものは、人からの親切に時に加護や祝福で報《むく》います。それに何か問題が？」

再び全く空気を読もうとしない声が響いた。男達はまた一斉にフェリを見る。やはりちょこんと椅子に腰かけたまま、彼女は心から不思議そうな表情で首を傾げた。

男達は思わず顔を見あわせた。中のひとりが、しかめっ面をしながらも言葉を続ける。

「どうっ、て……いや、海の女にへつらってよう」

「幻獣は時に人からの『小さな親切』に惜《お》しみなく応《こた》え、気にいらない行動には災厄《さいやく》を与えます。『妖精種』に分類される幻獣ほど、特にその傾向《けいこう》は強く見られますね。それが彼らの摂理《せつり》です。それにより、その相手が幸福を得るのもまた自然の摂理でしょう」

「自然の？　そんなもんが自然なわけがねぇだろ。本当ならな、人間様は毎日働いて」

「人と関わりを持つタイプの幻獣にとってはそれこそが自然な行動です。彼らの恩恵《おんけい》を受けるか受けないかは対象となった人間の決めること。断らなければならないという法は現時点でどこの地域にも存在していません。それとも彼が人魚の恩恵を受けたことで、あなたがたに何らかの問題が発生しているのですか？」

「それは……」

「具体的に何か問題があるというのなら、私が対処しますが……」

「さっきからうるせぇぞ、クソガキ。いちいち大人《おとな》の話に絡んでくんじゃねぇっ！」

堪忍袋《かんにんぶくろ》の緒《お》が切れたのか、赤ら顔をした男が叫んだ。子供の言うことだと、初老の漁師が後ろから彼を止めようとする。だが、男はじっと見つめてくるフェリの蜂蜜色の瞳が癇《かん》に障《さわ》ったらしい。肩を押さえる染みだらけの手を払い、彼はいらだたしげに続けた。

「その生意気な目はなんだっ！　あぁんっ、余所者《よそもの》の小娘が俺達を舐《な》めてると痛い目に」

――ビィィイイイイイインッ
その頬《ほお》を掠《かす》めて、フォークが壁に突き刺さった。

間抜けな音と共に、フォークは細かく震《ふる》える。数秒後、男は恐る恐る後ろを振り向いた。壁に張られた店主お手製のダーツ板の中心を、フォークは見事に根元まで貫《つらぬ》いている。人間の腕力では、作りだすことは到底《とうてい》不可能なはずの光景だった。

「大当たり《ジャックポッド》だ。で、余所者の娘がお前を舐めると、一体どうなると言うのだ？　ん？」

陰鬱な声で快活な響きの言葉が紡《つむ》がれた。いつの間にか、フェリの隣には長身の影が座っている。顔を黒布で覆い、山高帽《やまたかぼう》を被《かぶ》ったクーシュナは尊大《そんだい》な態度で堂々と足を組んでいた。その態度と見た目は、街の酒場に殴《なぐ》りこみをかけにきた放蕩貴族《ほうとうきぞく》のようだ。

異様な気迫に飲まれながらも、男が口を開きかけたとき、ひとりの老婆が慌《あわ》ただしく店に駆けこんできた。隈《くま》の目立つ憔悴《しょうすい》しきった顔で、彼女は辺りを見回す。老婆はハッと顔を強張《こわば》らせるとニシンの酢漬《すづ》けと酒を交互《こうご》に貪《むさぼ》っている太めの男に駆け寄った。

「オルトン先生っ！　あんたまたこんなところで飲んだくれて！　娘が肺病なんだ。昨日から咳《せき》がひどくなって……とにかく急いで来ておくれよっ！」

吊《つ》りズボンに支《ささ》えられた腹を揺らしながら、医者らしき男は老婆に引っ張って行かれた。漁師達がそれに気を取られている隙《すき》に、人魚と共にいた青年も走りだした。彼は閉じきっていない扉に転がるようにぶつかり、外に飛びだした。

扉がバタリと閉まった後には、なんとも言《い》い難《がた》い沈黙が広がった。場をとりなすように、フェリに絡んだ男を止めようとした初老の漁師が口を開いた。

「肺病ねぇ……最近多くて敵《かな》わんな。東海岸に停《と》まった船のせいじゃねぇかって専《もっぱ》らの噂《うわさ》だ。あそこの船員と関わった娘が多くやられてる。ヨーキのところの娘もって話だ」

「本当かよ、そりゃひでぇな」

「……………アイツ、また逃げやがって」

赤ら顔の男はそう吐《は》き捨《す》てた。彼はもうフェリとクーシュナに絡むことは止めたらしい。代わりに、彼は逃げた青年にいらだちをぶつけるかのごとく酒を呷《あお》った。その肩を初老の漁師が落ち着けと言うように叩く。

「お前もそう絡むな。アイツの父さんも爺《じい》さんも、結局は人魚に愛想《あいそ》をつかして、ふらっと旅に出た。で、嫁さんとガキを連れて戻って来たんだ。アイツも今にそうなるさ」

「けっ、やっぱり人魚のアソコは具合が悪いのかねぇっ、おぉっとぉっ！」

再び男の頬を掠め、今度はナイフが飛んだ。フォークと並んで、ナイフは円の中心を射《い》抜《ぬ》く。クーシュナは颯爽《さっそう》と立ちあがり、姫の手を取るようにフェリの掌に指を添えた。

「帰るぞ我が花よ。我のお前に聞かせるにはここの会話はいささか品がなくてならんわ」

「待って。具体的に何か問題があるのか応えてもらっていないの。問題があるなら私が」

「問題なぞあるかっ！　ただ単につまらん嫉妬《しっと》だか男の矜持《きょうじ》だかが理由だ。放っておけ」

「あとね、まだタコが」

「ええい、タコでもイカでもまた夜にでも食いに来いっ！　そのための路銀が必要なら稼《かせ》いでやるわ！　サーカスの真似事《まねごと》でもしてやるというにっ！」

「それはいらないけれど……うん……そうね。そう、行きましょうか」

不意に思い直したのか、フェリはクーシュナの手を借りて床へ降りた。彼女が口笛を吹くと、開いたままの客室の扉からトローがふらりと飛んできた。彼は酒場の天井《てんじょう》を旋回しながら一階に降り、フェリのヴェールの上に着地する。

階段まで追ってきた子供達に、トローはバイバイと言うように羽を振った。

フェリは座席の下に置いていたナナカマドの杖を握りしめた。彼女は男達と店主にぺこりと頭を下げ、酒場の扉へ足を向ける。

「どこへ行く気だ、我が花よ？　宿へは戻らんのか？」

「うん、少し行かなくちゃいけないところがあるから」

クーシュナの問いに、フェリはそう応えた。彼女は勢いよく扉を開き、夏の街へ出る。熱く海の匂いのする風が、その体に吹きつけた。白いヴェールを揺らし、フェリは囁く。

「人魚のところまで、行かないと」

＊　＊　＊

再び、フェリ達は三日月形の浜辺を訪れた。

先ほどよりも波の位置は高く、青色の海は階段付近まで迫ってきている。クーシュナは人魚が辺りにいないのを確かめると、フェリの影の中に溶けこんだ。

フェリは階段の終段に膝《ひざ》を立てて座り、杖を抱《かか》えると眠るように目を閉じた。

心地よい夏の熱と波の音に、彼女は包みこまれる。そのままうとうとし始めたころ、不意にカッと硬い物同士がぶつかるような音がした。慌ててフェリが目を開くと、毒々しい色の貝がクーシュナの盾に弾かれ、砂浜に落ちるところだった。その中から脚をだしたヤドカリに、彼女が気をとられていると、冷たい声が響いた。


「また来たのあなた達。まぁ、なんて恥知らずで迷惑な人間だこと」


不機嫌に唇を尖らせる人魚に、フェリはぺこりと頭を下げた。彼女は改《あらた》めて、夏の海をそのままはめこんだような、人魚の青い瞳をじっと見つめた。

「実は、あなたにお聞きしたいことがあるのです」

「何よ。あなたに話すことなんて何もないわ。私が話すのは私のいい子だけよ」

「幻獣書、第一巻九十三ページ――『人魚《マーメイド》――地域固有種を除《のぞ》く』」

フェリの足元の影が伸びると、階段の上にごとりと分厚い本を置いた。

その見た目は、以前フェリが飛竜《ワイバーン》の項目を参照した本よりも更《さら》に古びている。膝の上に大事に本を抱え、フェリは黄ばんだページを丁寧にめくった。

「『妖精種。上半身は美しい乙女の姿、下半身は魚の尾をもつ幻獣』『海に関する予言の力と薬草に関する知識を持つ』――書にはそうあります。今、街では多くの娘が肺病を患《わずら》っているのです。さしつかえなければ、この周辺に生えている肺病に効《き》く薬草を教えてはいただけませんか？」

「あなたは馬鹿なの？　身のほどをわきまえなさい。なんで私のいい子でもないあなたなんかに、私が教えなきゃならないの？」

「多くの娘達が困っているのです。もしもご存じでしたらお助けいただければ幸いです」

「あのね、都合のいいことを言うのはよしてちょうだいよ。人が困っていても私にはなんの関係もないわ……ええそうよ。ええ、そうね。なんの関係もない、のだけれど」

人魚は言葉を迷わせ、目を伏せた。彼女は黙って何かを考えだす。その長い睫毛《まつげ》の先から、真珠《しんじゅ》のような海水の滴《しずく》がいくつも零れ落ちた。やがて、彼女はぼそりと呟いた。

「『甘い陸のたまご』を持ってきてくれたのなら、教えてあげてもいいわ」

「『甘い陸のたまご』、ですか？」

その言葉にはどこか切実《せつじつ》な響きがあった。だが、次の瞬間、人魚はどうせ無理だろうと言うように小馬鹿にするような表情を浮かべた。金髪を掻きあげ、彼女は唇を歪める。

「ええ、持ってこられなかったら、教えてあげない。それくらいできるわよね？」

「わかりました。善処《ぜんしょ》しましょう」

フェリがそう請《う》けおうと、人魚は不機嫌に鼻を鳴らした。彼女は身を翻し、尾をくねらせ、素早く海底へ消えていく。フェリは座ったままそれを見送った。クーシュナは彼女の背後に現れるとふざけた仕草《しぐさ》で階段の端《はし》に片足で立ち、ぐるりと回った。

「で、我が主よ？　『甘い陸のたまご』とは何のことか、お前にはわかるのか？」

「ううん、ちっともわからない」

フェリは堂々と応えた。やはりそれでこそお前よなと、何故《なぜ》かクーシュナは満足げに頷く。その目の前にトローが飛びだした。彼はパタパタと飛びながら何事かを訴《うった》える。

「うん？　どうした、小僧っ子？　なになに？　甘い卵を産む鶏《とり》がいるかもしれない？　いるか、たわけ。いるとすれば、それはバジリスクの亜種か何かだ」

ピンッとクーシュナはトローの鼻先を指で弾いた。トローはくるくると吹き飛んだが、翼を一打ちして自力で止まった。イーッと歯を剝《む》きだして、彼はフェリの頭の上に戻る。いたら素敵《すてき》よね、新種よと、トローを慰《なぐさ》め、フェリはヴェールを揺らして歩きだした。彼女と共にクーシュナも階段を昇り始める。

「で、またまたどこに行く気だ、我が花よ？」

「私には『甘い陸の卵』が何かはわからない。でも、大丈夫。きっと知っている人は知っていると思うから」

彼女は足を止めると、クーシュナを見あげ、柔らかく微笑んだ。

「だから、知っている人を探しに行きましょう」

＊　＊　＊

「アイツ自身は悪い奴《やつ》じゃねぇんだが……人魚は網にかかると嵐を呼ぶからな。で、人魚はアイツのために街の近くに来る。漁師は避《さ》けてるし、まだ被害にあった奴もいねぇ。だが、人に不運ばかりを運ぶ奴から幸運を受けてりゃ、そりゃ嫌われるだろうよ」

そう酒場の店主は言った。だが、彼は特に隠すことなく、青年の家を教えてくれた。長旅の疲れで両親が早くに亡くなって以来、青年は街外れに位置する断崖の先の家に、ひとりで棲《す》んでいるという。

フェリは崖の先端の緑茂《しげ》る丘へ続く坂を昇った。橙 色《だいだいいろ》の屋根が鮮やかな屋敷に近づくと、黒髪の青年が涼しげな木陰に座っているのが見えた。竪琴の手入れをしている彼の上では、果実を実らせた木がさわさわと優しく揺れている。

青年はフェリに気がつくと竪琴を置き、慌てて立ちあがった。

「……あなたは。先ほどは、どうもありがとうございました」

彼はそう頭を下げた。フェリは首を横に振って応える。

「いいえ、私は当然のことを言ったまでです。礼を言われるようなことは何も」

「何を言うんですか。あんなことを言ってくれた人は初めてでしたよ」

「あんなこと？」

「……………僕のことを馬鹿にせずに、自然だと」

そう青年はうつむくと唇を噛んだ。彼はひどく悔《くや》しげな表情を浮かべる。彼は苦しみを訴えるように漁師達が着ているものよりも遥《はる》かに上質な自身のシャツの胸元を摑《つか》んだ。

不意に、海風がその背中に強く吹きつけた。風に呼ばれたかのように、彼は後ろを振り向く。フェリも続いて、手作りの柵《さく》の向こう側を覗きこんだ。

遥か崖下には青い海が広がっている。まるで波に浮かぶ木の葉のように、いくつもの船が視界に散っていた。その後には白い泡の線が続いている。漁師達は今頃必死になって魚を捕っているのだろう。その光景を眺め、青年は吐き捨てた。

「呑気《のんき》なものでしょう？　皆が必死に働く中、僕は好きな時に一度だけ漁に出ればいいんだ。そうすれば、魚が勝手に網に飛びこんできてくれるんです。何をするにも運が向いてなんでもかんでも上手《うま》くいく。でも、それは人魚の加護で僕の実力じゃないんだ」

「先ほども申しあげましたが、人でない者は『小さな親切』に惜しみなく応えます。それを受けてはならない法は存在しません。ですが、それが受ける人間にとって、本当に幸いなものであるのかどうかは誰にもわからない」

フェリの言葉に、青年は僅《わず》かに眉根《まゆね》を寄せた。フェリは彼に蜂蜜色の瞳を向ける。

「あなたにとって幸運をもたらす存在は、時に他人にとっては不運をもたらす存在です。人は幻獣を忌避《きひ》するもの。そして、あなたは幻獣側に一歩踏《ふ》みこんでいる。人からの嫉妬や迫害は受けるでしょう――それにもうひとつ問題があります。彼らの恩恵は素晴らしすぎて、時に受ける人間の自尊心《じそんしん》を傷つける」

人はパンのみで生きるのではない。幻獣からの贈り物は大概《たいがい》親切の内容に不釣《ふつ》り合いなほど素晴らしいものだ。だが、代価《だいか》を求めない衣食住の保証とその継続が、人に真綿《まわた》で首を絞《し》められているような苦しみを与えることもある。

「それは場合によっては、恩恵を受ける人間から生きるための意欲も奪いかねません」

「…………………」

「ですが、その喜びも苦しみも、受けるのはあなたひとりだけです……他者の声を最も気になさっているのなら耳を貸す必要はありませんよ」

「……ええ、そうなんでしょうね」

青年は、じっと崖下を見つめた。帆《ほ》を広げた幾艘《いくそう》もの船が、青い海を走っている。青年はその様子をまるで焦がれるように睨んだ。ぎゅっと強くシャツを掴む手には漁師達のような傷も染《し》みもない。それを見つめながら、フェリは静かに続けた。

「人魚と関わるのは他ならないあなたです。もしも、あなたが彼女の『まことの恋人』になる道を選ぼうと、誰にも責められるいわれはない」

「でも、僕はっ……彼らの言う通りだ。僕は自分の人生を生きてないっ！」

青年は悲痛な声で叫ぶと、その場に屈《かが》みこんだ。彼は竪琴を摑み、大きく振りかぶる。

彼が手を放すと竪琴はあっけなく宙を舞った。それは回転しながら崖にぶつかり、四散する。きらきらと光る欠片《かけら》が海へと降《ふ》り注《そそ》いだ。切なげな眼差《まなざ》しで青年はそれを見送る。


「……僕は……僕は一体どうしたいんだ？」


途方《とほう》に暮《く》れたように呟き、青年はじっと海を見つめた。やがて彼は何かを決意するかのように強く拳《こぶし》を握った。彼が振り向き、歩きだそうとした瞬間、フェリは問いかけた。

「あなたは、『甘い陸のたまご』を知っていますか？」

「……彼女、ですか？」

驚いたように、青年は足を止めた。その言葉に、フェリは頷く。

「彼女が僕以外と話をするなんて珍しいですね……まさか、『甘い陸のたまご』のことまで話すなんて」

「それを持って行けば、肺病に効く薬草を教えてくださると約束していただきました」

「そうですか。一体、どうしたんだろう……ちょっと待っていてくださいね。早成《はやな》りの種類とはいえ、まだ時期じゃないんですけど……あれがいいかな？」

青年は木を見あげて目を細めると、物置から梯子《はしご》を運んできた。彼は慣《な》れた様子で梯子に昇り、大振りの枝に足をかける。高みにある一個を器用にもぎ取り、彼は降りてきた。フェリにそれを差しだしながら、青年はどこか気恥ずかしそうに言った。

「祖父が遠くから苗《なえ》を運んできて、育ったのはこの一本だけだったんですよ。これこそ、僕が……僕達が彼女に与えた『親切』の正体です」

『甘い陸のたまご』ですと、彼は微笑んだ。

その手には、ようやく色づき始めた林檎《りんご》が握られていた。

＊　＊　＊

夕暮れを映して、海は橙色に染まっていた。光をきらきらと反射する水の中に、人魚は下半身を遊ばせている。その長い髪は、上質な酒のような金色に泡立つ水の中に溶けこんでいた。海に半ばまで浸かった階段の上に、彼女は裸の上半身をもたれさせ、目を閉じている。フェリ達が近づくと、人魚は弾かれたように青い目を開き、顔をあげた。

彼女に向けて、フェリと共に歩いて来た青年は片手をあげた。

「やぁ」

「あなた」

人魚の顔に、フェリ達への表情とはまるで違う、蕩《とろ》けるような笑みが浮かんだ。彼女は嬉《うれ》しそうに青年に擦《す》り寄《よ》る。水に濡れた白い頬をゆっくりと撫《な》で、彼は目を細めた。けれども、何かを振り払うかのように首を横に振り、彼は彼女に林檎を差しだした。

「ほら、旅の人にねだっただろう？」

「だって何度頼んでも、あなたが持ってきてくれないから」

「まだ季節には少し早いんだ。酸味が強いよ？　聞かれる度《たび》にそう応えただろう？」

「それだけじゃないわ。あなたが最近、私のところに来てくれないからよ。私と一緒にいる時も寂しそうな顔をするからよ。だから、もう自分からは持ってきてくれないかもしれないと、そう思ったの」

「……………そうかい、気づいていたんだね」

青年は微《かす》かに顔を強張らせた。その寂しげな色の張りついた目を見て、人魚は裸の肩を震わせた。彼女は青白い手を伸ばし、青年の服の袖《そで》を掴んだ。

「私、知ってるのよ。それはあなたの父親と、父親の父親と同じ目だわ。あなたもきっと、ろくでもないことを考えているに決まっている」

「ろくでもないこと、か」

「ねぇ、何がいけないの？　一体、あなたと私の何がいけなかったっていうの？」

人魚は悲しげに訴え、青年の服の袖を必死に引いた。青年は目を細める。だが、もうその目には竪琴を弾いていた時のような愛しげな色は戻ってはこなかった。

彼はそっと人魚の手を振り払った。人魚は呆然《ぼうぜん》と空《から》になった指先を見つめる。

「次の遠漁船に乗ることにしたよ」

「…………そう」

「決めたんだ。きっと長い旅になる。その先で、僕はきっと次々と船に乗るだろう。もう帰って来られないかもしれない。でも、僕はもう人に馬鹿にされるのは嫌なんだ。今までありがとう。これからは自分の手で幸運を摑むよ」

「あなたがいなくなったら、私は誰から『甘い陸のたまご』をもらえばいいの？」

「崖の端に『甘い陸のたまご』の苗を植《う》えるよ。そうすれば、崖から落ちた『甘い陸のたまご』が君の手に落ちてくるようになる。もう僕は必要ないんだ……そう、最初から必要なんてなかったんだ」

青年は自分自身にも言い聞かせるような口調で人魚に告げた。けれども、人魚は首を横に振った。大きな目を歪ませて、彼女は唇を尖らせる。

「あなたは何もわかってない。そんなのいらないわ。『甘い陸のたまご』の木が育つより早く、きっと帰ってきたあなたの子供が、私に『甘い陸のたまご』を届けてくれるようになるんだから」

「僕は帰ってこないかもしれない。それに、子供は女の子かも知れないよ？」

「女の子ならなおさらよ。その子は遠くに漁に行ったりしないわ。彼女はいつでも私に『甘い陸のたまご』を届けてくれる。そして、私と一緒に歌を歌うの。私は彼女を大事にして、その髪を色とりどりの珊瑚や貝殻や難破船の宝石で飾ってあげるわ」

「すねないでおくれよ」

「さようなら、お馬鹿さん。どうぞ、好きにしたらいい」

人魚はそうつれなく尾を翻した。彼女は海に飛びこみ、あっという間に波間に消えてしまう。後には金色の海だけが残された。燃えるように輝く海面を眺めながら、青年は前へ手を伸ばす。だが、彼はそのまま拳を固めると海に背を向け、一目散《いちもくさん》に走りだした。

いつかのように、青年は狭い階段をフェリとすれ違って、上へと駆けて行く。だが、彼はもう二度とこの浜辺に戻ってくることはないのだろう。

ひとり残されたフェリはじっと金色に泡立つ海面を見つめた。だが、人魚は現れない。フェリも階段を昇ろうと振り向き、段に足をかけた時だった。

「娘達には野に咲くニガヨモギの花の汁を飲ませなさい」

美しい声が追いかけてきた。フェリがハッと振り向くと、波の間に人魚が顔を覗かせていた。彼女はじっとフェリを見つめ、歌うように言葉を続けた。

「彼の船はどんな嵐にもあわず、沈むことはないでしょう。彼は航海から航海を続けて、最後の最後に見つけた娘と共に故郷に帰り、家を継《つ》ぐでしょう」

彼女は深い溜息《ためいき》を吐《つ》き、軽く唇を歪めた。その表情はどうせ戻ってくるくせに、彼が選択したことを嘲笑《あざわら》っているようにも、嘆《なげ》いているようにも見える。海水に濡れた青白い頬をいくつもの滴が零れ落ちた。それはまるで涙のようだが、涙ではないのだろう。

人魚は人に似ているが、人ではない。だが、その顔はやはり悲しげなものに見えた。

「彼の父親の父親もそうだった。彼の父親もそうだった。彼が戻って来たと思ったら、それは彼の息子《むすこ》だった。彼はすっかり老人だった。彼はすっかり老人だった。彼が戻って来たと思ったら、それは彼の息子だった。彼はすっかり老人だった。どうして、人間ってわかってくれないのかしら。どうして最後には帰ってきてくれるのに、旅になんて出るのかしら」

パシャンッと人魚は強く尾を揺らし、いらだたしげに海面を叩いた。波間に滴が散り、金色の波紋《はもん》を生《う》む。しばらく、彼女はそれを無言で眺め、小さく呟いた。

「どうしてかしらね。私は可愛《かわい》いあの子たちの一番男盛《おとこざか》りのころの姿を知らないの。一度でいいから見てみたいってずっと思ってるのよ……でも、今回も無理ね」

次の瞬間、人魚は身を翻した。だが、彼女は一度海中に沈んだ後、再び戻ってきた。彼女は合図をするように青白い手を振り、高く何かを放り投げた。

フェリは慌てて手を伸ばし、それを受け取った。彼女の掌に、赤く色づき始めた林檎が落ちる。人魚は口元に手を添え、声を張りあげた。

「いらないわ。お食べなさい。美味しいわよ」

そこで、彼女は一瞬黙った。青年が去って行った方角を、彼女は青い瞳で見つめる。ぽつりと、人魚は嚙み締めるように呟いた。

「まるで、地上に落ちてきたお月様みたいな味がするわ」

そして、人魚は再び身を翻し、今度こそ海の中へ消えた。


フェリはじっと海面を見つめた。そのヴェールの上からパタパタとトローが羽ばたいた。彼はフェリの足元の影に近寄り、何かを尋《たず》ねた。クーシュナは陰鬱な声で応える。

「ん？　何故それでも繰り返すのか、だと？　さぁな、人可愛さか恋情か、ただ海の生活が退屈《たいくつ》なだけなのか、男の望む姿を見られぬが故のつきぬ好奇心か、そんなことは人魚にしかわかるまい。人魚への想いか、富への執着《しゅうちゃく》だかを断ち切れず、疲《つか》れ果《は》てながらも戻ってくる男達も、自分達に惜しみなく与えられ、縛《しば》ってくるものが本当に祝いなのか、それとも呪《のろ》いなのか、わかってすらおるまいよ」

クーシュナはそう語った。フェリは小さく頷く。時に、人でない者は人の『小さな親切』に惜しみなく応える。それを受けるか否《いな》か選ぶのは、親切を与えた人間だけだ。その喜びも苦しみも、受け止めるのはその者ひとりだけ。

そして、いつまで恩恵を与え続けるか選ぶのは幻獣だった。それが祝いなのか呪いなのかは、恐らく幻獣自身にもわかっていない。

人にもきっとわからないことだろう。

どんなに、何回繰り返したとしても。

「ただ――――林檎を渡し、受け取った。それだけで長く祝われ、あるいは呪われることもあるだろうさ」

クーシュナの言葉を聞きながら、フェリは林檎を齧《かじ》る。

まだ早い林檎は微かに甘く、そして酸っぱい味がした。

闇の王様のお話 4

「こそこそと、そこら中で寝《ね》たり起《お》きたりしていますが、どうぞお構《かま》いなく」

そう宣言して、少女は城に居着《いつ》きました。もちろん無賃《むちん》宿泊で無許可宿泊です。不遜《ふそん》にもほどがある行動でしたが、外に放りだすのも面倒ですし、こんな小さな生き物に本気をだすのもどうかと思うしで、王様は彼女を放っておくことにしました。

少女は毎日飽《あ》きることなく王様に色々なことを尋《たず》ねてきました。最初こそ無視していた王様ですが、少女があまりにもうるさいので、仕方なく少しずつ相手をするようになりました。王様の自分のするべきことに対する考えを聞き、少女は頬《ほお》を膨《ふく》らませました。

「退屈《たいくつ》だからと言って、よからぬことを考えてはいけませんよ。確かにあなたは従来《じゅうらい》の生態系を狂《くる》わせることのできる存在ですし、幻獣と精霊の目的はそこにこそあったのかもしれません。ですが、人や獣《けもの》を傷つけてはだめです。それはとても悲しいことです」

「だがな、我がそのために作られた生き物であるのなら、それが我の務《つと》めではないのか」

「生き物は親の考えに関係なく、生きる道を選ぶことができます。それにあなたは生まれてから今まで、ずっと悲しい光景や記録ばかりを目にしてきたようです。この世界の素晴らしさを、あなたはまだ何も知りません。それなのに、退屈に飽《あ》かせて全てを壊してしまっては、きっと後悔する日がきますよ」

「うるさい毒虫よ。お前に我の何がわかるというのだ。なんの権利があって、お前は我に偉《えら》そうに語るのか。少しはその口を閉じてはどうか」

「黙《だま》りません。あなたこそ、少しは考えを改《あらた》めてはどうなのですか。大体、こんな城に閉じこもっているのが悪いんです。あなたは太陽の光にあたっても平気だし、選んだ体の影響か、どうやら人に近い感覚も持っているというのに、一日中こんな寂《さび》しいところにいては、何もかもを壊したくもなるのも当然というものです」

そう少女は言って、口やかましく色々なことを王様に頼んできました。

ついに王様は根負《こんま》けして、窓を覆《おお》う茨《いばら》を一部取ってやりました。すると、城の中には光が射《さ》しこみ、青空や夕暮れ、雨空や虹《にじ》が見えるようになりました。

少女は勝手に城の中の掃除《そうじ》を始め、器用に窓から外に出ては花を持って帰ってくるようになりました。今では厳《いか》めしい玉座の周りは、桃色や黄色、赤や白の花だらけです。

いい匂いのする柔《やわ》らかな桃色の花を摘《つま》み、王様はげんなりしながら尋ねました。

「なぁ、うるさい毒虫よ。こんなことに、一体なんの意味があるのだ？」

「意味なんてありません。ですが、意味はありませんが素敵《すてき》なことも世の中にはたくさんあるのですよ」

「そう言われてもなぁ………」

「あっそうだ、次は階段の瓦礫《がれき》をどかしてください。図書室から本を運びます」

なんだかコイツは、どんどん図々《ずうずう》しくなるなと王様は思いました。

第4話 妖精猫の猫裁判

村外れの森の中、老人はひとり、隠《かく》れるようにして暮《く》らしていた。

人と会わない暮らしは気楽だ。元々、彼は偏屈《へんくつ》な伯父《おじ》譲《ゆず》りの気質《きしつ》であまり人と会うことを好まなかった。昔こそ、彼は穏《おだ》やかな性格の妻に支《ささ》えられ、村で暮らしていたが、今では子供夫婦とも別れ、伯父の死後譲り受けた小屋でひっそりと日々を送っていた。

家の前に広がる森は大きく、深く、狩りには最適だ。彼は定期的に罠《わな》にかかった兎《うさぎ》を捕《と》り、肉はスープにし、毛皮は丁寧《ていねい》に剝《は》いで市場に持ちこんだ。また、川にも罠をしかけ、魚を捕った。彼が木で編《あ》んだ生《い》け簀《す》には、一度入ると出られなくなる仕掛《しか》けがしてあり、大振りの魚も逃がすことなくよくとれた。

手先の器用さは彼の自慢《じまん》だった。昔はよく妻に髪飾りや鍋敷《なべし》きを、子供には木の玩具《おもちゃ》を作ってやったものだった。それは今、孫《まご》に受《う》け継《つ》がれているという。

　彼は孫ともあまり会っていなかったが、それでも変わりなく元気だと聞かされれば、やはり嬉《うれ》しいものだった。


　今日も老人は銅製のバケツに魚を二匹入れ、持ち帰った。捕れたての魚は美しい鉄色をしていて元気がいい。くるくるとよく泳ぐ大振りの魚は夕飯に食べ、落ち着いている小振りの魚は朝食にする予定だった。だが、そこで彼はふと気になることを思いだした。最近、朝になると持ち帰った魚が消えているのだ。翌日の天候や食材の減りを見越して、二匹、三匹と大目に持ち帰っても、夜のうちに跡形《あとかた》もなくいなくなってしまう。

　老人には食べた覚えはなかった。死んだ妻が夜に訪れて、こっそり食べているのならば歓迎するところだったが、妻は川魚を好きではなく、もしも食べていくのならば兎の方だろうと思えた。


　今日も、この魚は消えてしまうのだろうか。

　そう思い、老人は寝ずの番をしてみることにした。

　夜更《よふ》かしして寝坊したところで、困るのは彼ひとりだけだ。夏の夜は寝苦しいし、たまにはこういうのもいいだろうと老人はシーツを被《かぶ》り、玄関先にうずくまった。これは真夜中のちょっとした冒険というやつだなと、彼はひそかに笑った。

油断なくバケツを見張っていると、不思議と胸が高鳴ってくる。老人はお化けに怯《おび》えながらも、飽きることなく窓を警戒していた子供時代を思いだした。昔から、彼には怖《こわ》いものこそ絶対にその目で確かめようとする意固地《いこじ》なところがあった。だが、眠気と戦う老人を嘲笑《あざわら》うかのように、何事もなく時はすぎた。

やがて魚の跳《は》ねる音にびくっとしながらも、彼が本格的にうとうとし始めた頃だった。

――キィイッ

突然、扉《とびら》の軋《きし》む音がした。老人は跳ね起き、慌《あわ》てて顔をあげた。僅《わず》かに開いた扉の隙《すき》間《ま》から、暗い部屋の中に一筋の月光が冴《さ》え冴《ざ》えと差しこんでいる。音もたてずに、そこから何かが入ってきた。暗闇に必死に目を凝《こ》らし、老人は驚いた。

侵入者は、みすぼらしい茶色の毛並みをした猫だった。

随分《ずいぶん》と体が小さいので、もしかしてまだ子猫なのかもしれない。猫はてとてとと歩き、バケツの前にどしんっと座りこんだ。そのまま片足をあげ、猫はじっと動きを止める。次の瞬間、猫は器用にもパシャリと最低限の水飛沫《みずしぶき》だけをあげ、魚を弾《はじ》き飛《と》ばした。床をてんてんと跳ねた魚を口にくわえ、猫は得意げに鉤尻尾《かぎしっぽ》をゆらりと揺《ゆ》らした。堂々と出て行こうとする猫を見て、老人はついカッとなった。

老人は猫を好きではなかった。妻は好いていたようだが、こそこそしたその態度がなんだかいけ好かないと、彼は常々思っていた。何よりも近所の野良猫や隣《となり》の飼い猫が、老人の顔を見るなり一目散に逃げだすのが、いつも腹立たしかったのだ。

その不満がここにきて、一気に噴《ふ》きだしてしまった。

老人はむんずと茶色の猫の尻尾を摑《つか》み、勢いよく逆《さか》さ吊《づ》りにした。猫はふんぎゃーっと老人の予想よりも遥《はる》かに大きな悲鳴をあげた。この世の終わりのような声に、老人は慌てて手を離した。猫は飛びあがり、壁に立てかけてあった箒《ほうき》を倒し、棚にぶつかって薪《まき》を落とし、混乱のまま逃げだした。老人は猫を呼び止めようとしたが、弁解《べんかい》するまもなく猫は一目散に木々の間に消えていった。後には床の上にぴちぴちと跳ねる魚だけが残される。老人はやれやれと立ち上がり、大きく元気な魚をゆっくりとバケツに戻した。

思わぬ魚泥棒の正体とその顚末《てんまつ》に、なんだか老人はひどく疲れてしまった。彼は寝台に横たわり、今度こそ眠ることにした。

薄いシーツを胸元まで引きあげて、彼は目を閉じた。だが、どうにも寝つくことができない。その耳には猫の悲痛な声が染《し》みついていた。このことを知ったら、妻はなんというだろうかと、老人は急に心配になった。優しかった妻のことだ。さぞかしあの柔《やわ》らかく、ふくふくした頬《ほお》を膨《ふく》らませて怒るに違いなかった。

あなた、いけませんよ、猫の尻尾を摑むなんて。

悪かったよお前、と老人は思った。
だって、あんなに痛がるなんて思ってもみないじゃないか。

猫への詫《わ》びとして、外に魚を置いておこうかと老人は考えた。だが、猫はひどい目にあった彼の家には二度と来ないだろう。そうとも思えた。

――キィィッ

その時、ゆっくりと扉が開いた。猫が戻って来たのかと老人は起きあがりかけ、動きを止めた。確かに猫は戻ってきていた。みすぼらしい茶色の毛並みの猫が鉤尻尾を膨らませて部屋に入ってこようとしている。その後ろに、大量の猫がぞろぞろと続いていた。

黒に赤毛、灰色に三毛猫、虎《とら》にブチ、デブにやせっぽっち、ありとあらゆる猫が列を成《な》している。彼らは皆滑稽《こっけい》なほどに真剣な顔をして、鳴き声ひとつたてずに歩いてきた。

月光に照らされた猫達を見て、まさか仲間を連れて復讐《ふくしゅう》しにきたのかと老人は凍《こお》りついた。だが、次の瞬間、彼は恐怖も忘れて思わず首を傾《かし》げた。


猫の列に、明らかにおかしな生き物が混ざっていた。

ヴェールを被《かぶ》った白い少女が、しれっと紛《まぎ》れこんでいるのだ。


よく見ると、彼女のヴェールの上にはあからさまに偽物《にせもの》な白猫の耳もつけられていた。

老人の視線に気づいたのか、彼女は顔をあげた。お構いなくとでも言うかのように、少女はぺこりと頭を下げる。いや、下げられてもと老人は思った。一体君は誰《だれ》で、これは何が起こっているんだ。だが、この状況で少女に声をかける勇気は老人にはなかった。

やがて、猫達と少女は部屋の床に車座になった。


なぁご、なぁご、なぁご、なぁご、なぁご、なぁご、なぁお猫達は一斉に鳴きだした。すると耳障《みみざわ》りな声に導かれたかのように、扉からではなく部屋の最奥の暗闇の中から、犬のような大きさの猫が現れた。胸元に白い斑点《はんてん》の散った黒猫は他の猫達とは一線を画《かく》する威厳《いげん》を放っている。

その姿を一目見て、老人は自然と察した。この猫は妖精猫であり、恐らくこの猫達の頭領なのだ。一体、今から何が始まるというのだろう。

ごにゃぁっ、ごにゃぁっ、ごにゃぁっ、ふぎゃぁっ

妖精猫は低い声で何かを宣言した。すると、さっきのみすぼらしい茶色の毛並みの猫が頭を低く下げ、円の中心に進み出た。猫は二本の足でふらふらと立つと、持ちこんだらしい鼠《ねずみ》の死体をさっと足元から掴みあげた。猫は鼠の尻尾を乱暴に振り、離した。哀《あわ》れ鼠の死体は、ぽとりと床に落ちる。猫は床に崩れ落ち、うにゃーと鳴いた。どうやら老人に逆さ吊りにされたことを訴《うった》えているらしい。

車座になった猫達はざわざわとざわめいた。非難《ひなん》の眼差《まなざ》しが、一斉に老人へ向けられる。言葉はわからないが、どうやらまずい展開らしいと老人は息を飲んだ。その時、おかしな少女がすくっと立ちあがった。

「うにっ、うににっ、うにゃーっ、うみっ！」

　彼女は両手を猫のように丸め、可愛《かわい》らしい身振りでバケツを示した。そして空中から何かをくわえだすような仕草《しぐさ》をすると、首を横に振った。どうやら、魚を盗んだのがいけないのだと言っているらしい。先ほどの猫が不満げにうにゃっと立ちあがった。少女は両手を丸めたまま、にゃごっと応戦のポーズをとる。

うにゃ「うにゃにゃ」にゃっむ「にゃにゃっ」にーっ「にゃごうっ」うなーっ！

　ひとりと一匹の白熱した応酬《おうしゅう》は続いた。老人には、今どちらが有利な展開なのかさっぱり見当もつかない。茶色の猫は逆立ちし、白い少女は作り物の尻尾を揺らして踊りを披露《ひろう》した。茶色の猫はバク転し、白い少女は何やら影らしきものに支《ささ》えられて天井《てんじょう》付近まで舞いあがった。だが、流石《さすが》にそれは自分の目の錯覚《さっかく》だろうと老人は思った。

　場の空気はいよいよ白熱し、興奮した周りの猫達もうにゃうにゃと口々に何かを訴えだした。議論は混沌《こんとん》の域《いき》に達し、いよいよ収拾《しゅうしゅう》がつかなくなる。その時、妖精猫が太い尻尾で床を打ち鳴らした。

――――ゴンッゴンッ

裁判官が鳴らす木槌《きづち》に似た音に、猫達はしんっと静まり返った。沈黙の中、妖精猫は前に進み出ると前足を振りあげた。白い少女と茶色の猫は緊張した面持ちで尾を揺らす。

そのまま、妖精猫はぽかんっと茶色の猫の頭を叩《たた》いた。

んにーと鳴いて、猫はうずくまった。その首を噛《か》んで持ちあげると、妖精猫は出て行った。他の猫達もやはり神妙な顔で頷《うなず》くと後に続いた。少女も立ちあがり、出て行こうとしたが、不意に足を止めた。老人を振り向き、彼女は深く頭を下げた。

「ケット・シーによる猫裁判確認できました。どうもお邪魔《じゃま》しました」

尻尾を揺らし、少女は再び出て行こうとした。だが、そこで足を止めると振り向いた。

「あっ、無罪だそうですよ。おめでとうございます」

どこか妻に似た優しい微笑《ほほえ》みを浮かべ、それではと、今度こそ少女も出て行った。
森の中へ、彼女は猫達の後を追うように歩いて行く。頭に飾《かざ》られたその猫耳の間に、どこからか飛んできた蝙蝠《こうもり》が乗るのが見えたような気がした。
後にひとり残された老人は呆然《ぼうぜん》と呟《つぶや》いた。

「…………一体、今のはなんだったんだ?」

彼がそう呟いた頃、その窓辺にようやく朝の光が差しこんだ。

翌日、彼は大きな魚を網《あみ》で香《こう》ばしく焼き、皿に載せて玄関に置いた。
そして、久しぶりに子供夫婦に会うため村へ向かったという。

闇の王様のお話 5

少女はよろよろと図書室から大量の本を運《はこ》んでくると、たくさんの物語を王様に読ませました。そこには記録とは全く別の人間達の姿が書かれていました。毒虫だらけだと思っていた人間達は、ある時は同胞《どうほう》のために勇敢《ゆうかん》な冒険を行い、ある時は弱った生き物達を己《おのれ》の身をていしても助け、まるで花のように物語の中で咲《さ》き誇《ほこ》っていました。

「この中には、本当にあった話もあるんですよ」

そう少女は言いました。更《さら》に、少女は果物《くだもの》をとり、魚を釣《つ》ってきては、王様に見せました。王様は自然にある物の形は大体知っていると拒《こば》みましたが、頭の中にあるのと実際に見るのは違うものだと少女は応《こた》えました。少女は勝手に焚火《たきび》をして、王様にあぶったチーズを差しだしたりもしました。ですが、その時は彼女が予想していたほど煙《けむり》の換《かん》気《き》が上手《うま》くいかず、慌《あわ》てて王様が風を起こす羽目《はめ》になりました。

少女はとても華奢《きやしや》なくせに、慣《な》れた様子であっちにこっちにと分厚い革靴《かわぐつ》で動き回りました。何故《なぜ》か、色素が薄いにも拘《かか》わらず、太陽を苦にする様子もありません。少女の意外なほどの活発さに、王様はげんなりしました。

「お前は無駄《むだ》に頑丈《がんじよう》よなぁ」

「それだけが取《と》り柄《え》のようなものですから」

しかも、少女の説教は寝ても醒《さ》めても続きました。

「人を傷つけてはだめよ」「人を殺してはだめよ」「もちろん幻獣だって絶対にだめ」「獣《けもの》も人も退屈《たいくつ》だからと壊していい存在ではないの」「退屈の中にずっといてもだめなのよ」

気がつけば、少女は王様に敬語を使わなくなっていました。少女は堂々と、まるで友人か家族を相手にするかのように王様と話をしました。彼女の言葉に、王様はいつも厳《きび》しい言葉ばかりを返しました。それでも、少女は全くめげませんでした。

「愚《おろ》か者が。この我に、毒虫ごときが何を言うか」

「だって、後悔《こうかい》するのはあなただから」

「そう言うお前をまず殺してやろうか、永遠の苦しみを与えてやろうか」

「あなたが本当にそうしたいのなら、どうぞ。私は覚悟しているから」

「本当にするぞ」

「いつするの？」

「うるっさいわっ！」


少女は毎日夜になると、おやすみなさいと呟《つぶや》いて、王様の足元で眠りました。何もかもを壊せる王様の傍《そば》にいながら、少女には全く恐れる様子などありませんでした。

ある夜、玉座に座った王様は花の残骸《ざんがい》を摘《つま》みあげました。それは少女が最初に持ってきた桃色《ももいろ》の花でした。少女が片づけ忘れたそれは、既《すで》に枯《か》れ果《は》て、いい匂いを失っていました。夜の中、黒い指先で朽《く》ちた花弁を撫《な》でた時、王様はふと残念に思いました。


そこで王様は初めて、壊すとはこういうことではないかと気づいたのです。

徐々《じょじょ》に、王様は少女と別の話をするようになっていきました。

第5話

水に棲む馬

灰色の丘の上を葬列《そうれつ》が行く。

夏の空には暗い雲が幾重《いくえ》にも広がっていた。濃淡《のうたん》の違う灰色に塗《ぬ》り潰《つぶ》された空は重く、今にも全体がたわんで泥《どろ》のように落ちてきそうだ。雲の内側で雷の鳴る音が響《ひび》き、一部がぼんやりと光った。だが、不思議と雨の降りだす気配はない。曇《くも》り空の下、無彩色《むさいしょく》に染まった枯《か》れ草《くさ》の生える丘の上を、葬列は雷鳴《らいめい》に追われながらゆっくりと進んでいく。

フェリはそっと道を横に避《よ》け、躊躇《ためら》うことなく地面にひざまずいた。彼女は胸の前で手を組みあわせ、頭を下げると死者のために祈り始める。その前を葬列は無言で進んだ。

参列者は頭から足先までを黒く長い布で覆《おお》い、手に細い鎖《くさり》でカンテラを吊《つ》るしている。灰色の世界に橙《だいだい》色《いろ》の灯《あか》りが揺《ゆ》れた。その火は死者の魂《たましい》を正しく墓《はか》まで連れていくことだろう。途中で声をかけてくる悪霊の誘《さそ》いも払う力があるに違いなかった。

頭から黒布を被《かぶ》った参列者達はまるで彼ら自身が死者であるかのようにも見える。だが、不意に中のひとりが足をもつれさせると転んだ。布がめくれ、中から幼さの残る少女の顔が露《あらわ》になる。フェリは慌《あわ》てて立ちあがり、彼女に手を貸した。その時、フェリの目に棺桶《かんおけ》が映った。墓地に安置して初めて釘《くぎ》を打つものらしく、その蓋《ふた》は開いている。

中を見て、フェリは目を細めた。

棺桶はほぼ空《から》だった。

血まみれの包帯を巻かれた肉片がひとつだけ転がっている。小蝿《こばえ》が音をたてて、その周りを飛んだ。少女はすみませんと震《ふる》える声で謝り、立ちあがろうとした。その頬《ほお》は涙で濡《ぬ》れている。彼女の祖母だろうか。ひとりの老婆が近づいてくると、少女の肩を抱きかかえるようにして支《ささ》えた。老婆はフェリの視線に気がつくと、か細い声で囁《ささや》いた。

「この子の親友だったんですがね。湖の畔《ほとり》で行方《ゆくえ》不明になりまして、肝臓《かんぞう》だけが岸辺に打ちあげられたんですわ。同じ死に方をした子供がもう何人も……惨《むご》いことですよ」

軽く頭を下げ、老婆は歩き始めた。少女もふらふらと揺れながら葬列に加わる。誰《だれ》かが手にした鐘《かね》を打ち鳴らした。雷鳴と重なって、陰鬱《いんうつ》な音が灰色の世界に長く尾を引く。

黒い葬列は遠ざかった。残されたフェリは小さく呟《つぶや》く。

「…………エッヘ・ウーシュカ」

彼女は地面に降ろしていた杖《つえ》を持ちあげ、強く摑《つか》んだ。
そして、フェリは葬列とは逆方向、村の方へと歩きだした。

＊　　＊　　＊

緑の牧草の生《は》え揃《そろ》う平原に、白い囲いが設《もう》けられている。その中では羊達が隅《すみ》の方に身を寄せあい、メェメェと忙《せわ》しなく声をあげていた。雷の音に怯《おび》えているのか、彼らは落ち着きなく芝生を蹴《け》っている。辺りは空気を細かく震わせる鳴き声と濃《こ》い獣臭《じゅうしゅう》で満たされていた。トローは鞄《かばん》の中から顔をだすと鼻をひくひくさせ、小さくくしゃみをした。

羊が直接入れるよう、囲いには鮮《あざ》やかな朱色《しゅいろ》の建物が隣接されている。

フェリは柵《さく》に沿って歩き、煉瓦《れんが》で造られた羊小屋を目指した。今は閉じられている両開きの扉《とびら》の前では、つなぎを着た顎髭《あごひげ》の似合う男が何かを運んでいる。

彼は地面の上に、何本もの鉄の鉤《かぎ》を転がした。持ち手が槍《やり》のように長く、先端が凶悪に反《そ》り返った鉤は羊を扱《あつか》うための農具には到底《とうてい》見えない。出来を吟味《ぎんみ》するかのように、男は鉤を一本一本手に取った。作業に集中している彼に、フェリは近寄っていく。

「失礼します………あの、」

その時、男の足元で影のような何かが動いた。フェリは思わず目を見開く。

それは黒い老犬だった。子牛ほどもある立派な体躯《たいく》をした老犬が立ちあがると、じっと彼女を見つめる。今まで様々な獣《けもの》や幻獣と会ってきた経験があるにも拘《かか》わらず、フェリは老犬が動きだすまでその存在に気づくことができなかった。驚くフェリの耳元で、クーシュナも短く口笛を吹いた。

『これは驚きだ。我にもまるで気配が読めんかったぞ。人のもとで番犬を務《つと》めて何年になるのかはしらんが、いやはや大したものだ。これぞ老兵といった面《つら》がまえだな』

「こんにちは。私は決して怪《あや》しいものではありませんよ？」

頭を下げ、フェリは小声で老犬に話しかけた。犬は差しだされた彼女の掌《てのひら》の匂《にお》いを嗅《か》ぎ、僅《わず》かに警戒を解《と》いた。だが、完全には納得していない顔でフェリの影に視線を移す。

『ほうっ……わかるものか？』

「大丈夫です。クーシュナも怪しいものではありませんから」

老犬は返事をしないまま、身体《からだ》から力を抜いた。彼は前足に頭を載《の》せて再びうずくまる。その頭を大きな掌で撫《な》で、男は掠《かす》れた声でフェリに話しかけた。

「グリムが認めたってことは、悪い人間じゃあなさそうだが……アンタ、何者だ？」

「突然失礼しました。私は旅の幻獣調査員、フェリ・エッヘナと申します。お嬢《じょう》様のこと、深くお悔《く》やみを申しあげます」

膏薬入《こうやくい》れを取りだし、紋章《もんしょう》を示すとフェリは深々と礼をした。男は納得したというように頷《うなず》き、フェリに手を差しだした。皮の厚い大きな掌をフェリはしっかりと握《にぎ》り返《かえ》す。

「バーナードだ。葬列にも加わらん駄目親父《だめおやじ》のところにわざわざ来たってことは……うちの娘の死に方を聞いたんだな？」

「ええ、湖畔で姿を消し、肝臓のみが岸に打ちあげられたと。水棲馬《エッヘ・ウーシュカ》ですね？」

「そうか……あの怪物はそういう名前なのか」

「目撃されたのですか？」

「いや、俺《おれ》は見ていないんだが……ひとり、生存者がいてな」

バーナードは暗い表情で首を横に振った。彼は生存者から聞いたという話を語りだす。

ある暑い日の午後、六人の少女とひとりの少年が湖に水遊びをしに出かけた。すると岸辺で愛らしい仔馬《こうま》に出会ったのだという。仔馬は背中に乗れというように擦《す》り寄《よ》ってきた。可愛《かわい》らしい誘《さそ》いに応《こた》え、少女がひとり、またひとりと乗ると、仔馬は嬉《うれ》しげに鳴いた。だが、そこで少年はおかしなことに気がついた。どうしたら、仔馬に六人もの人数が乗れるというのか。よく見れば、その胴《どう》は少しずつ伸びているではないか。

これは仔馬などではない。そう気がつき、少年は逃げだそうとした。すると、仔馬はいななき、少年が森の中に逃げこむのを遮《さえぎ》ると、水面《みなも》を走りながら後を追いかけてきた。その間、六人の少女は怯えて泣き叫んだが馬の背から降りることはできなかった。少年が湖に張りだした枝によじ登り、上まで逃れると、仔馬は彼を諦《あきら》め、湖水に飛びこんだ。

その後、湖の岸に六つの肝臓が打ちあげられたという。

少年の話はあまりにも想像の範疇《はんちゆう》をこえすぎていたため、村人は誰も信じなかった。幻獣の被害の噂《うわさ》は余所《よそ》では聞いていたものの、この村に現れたことは百年の間一度もなかったのだ。だが、森で迷った子羊を探し、すぐ戻るからと老犬の護衛を断って湖へ向かったバーナードの娘が同じように姿を消した。

翌日、岸には肝臓が打ちあげられた。

「馬鹿をやっちまった。俺達も村の連中も、みんな怪物なんていているわけがねぇって考えてたんだ。娘達の死に方は確かに異様だが、恐らく悪ふざけがすぎて溺《おぼ》れた挙句《あげく》、死体は狼《おおかみ》にでも食われたんだろうと思ってた。坊主《ぼうず》は仲間が死ぬのを見て、錯乱《さくらん》したんだろうってな。肝臓だけ残ったってのは随分《ずいぶん》と変な話だが、まさか同じことがまた起こるなんて夢にも思わなかった……あの時、俺が信じてりゃ、娘は死なずに済《す》んだんだ」

「ご自身を責めないでください。仕方のないことです。幻獣の被害には、その内容があまりにも突飛すぎて、最初はそうと気づかれない事例が多々《たた》あります。特に、水棲馬は有名な幻獣ではありません」

そう語ると、フェリはその場にしゃがんだ。いつの間にか、彼女の足元には一冊の本が置かれている。旧《ふる》く分厚い本を彼女は白い指で抱《かか》えあげた。バーナードは一瞬疑問に思ったのか眉《まゆ》をひそめたが何も言わなかった。彼女はぱらりと黄ばんだページをめくる。


「幻獣書、第二巻五十六ページ――『水棲馬《エッヘ・ウーシュカ》』――『第一種危険幻獣』」


『第一種危険幻獣』その言葉を、フェリは緊張した声で読みあげた。

フェリの参照した水棲馬《すいせいば》の欄《らん》にはいくつかの項目が設けられている。その中で、水棲馬《エッヘ・ウーシュカ》だけが『第一種危険幻獣』として認定されていた。

「『水に棲《す》む馬、水棲馬の中で最も危険な存在。海や湖に出没する。毛並みのよい美しい馬の姿をしていることが多く、その背に乗った人間を湖水に連れ去り、捕食《ほしょく》する。だが、肝臓は嫌うため食べ残す。残された肝臓は岸辺に打ちあげられる』、同種族の中では水棲馬《ケルピー》が有名ですが、あちらは早瀬に棲み、獰猛性《どうもうせい》、危険性共に比較的低い幻獣です。

水棲馬《エッヘ・ウーシュカ》は、『第一種危険幻獣』——存在自体が獣害とされる幻獣——に該当《がいとう》します。申請《しんせい》を頂ければ、私が今すぐにでも対処を行いますが」

「いや、必要ない」

バーナードの返事に、フェリは思わず瞬《まばた》きをした。彼女はこてんと首を横に傾《かし》げる。フェリは心の底からわからないという表情で、バーナードに尋《たず》ねた。

「何故《なぜ》ですか？」

「娘の敵《かたき》は俺が討《う》つ」

そう言い、バーナードは先ほど地面に置いた銁を持ちなおした。彼はそのうちの三本を選びとると肩に担《かつ》ぎ、歩きだした。その背中をフェリは追いかける。

「危険すぎます。それに幻獣調査員として被害者による仇討《あだう》ちを推奨《すいしょう》は」

「なんとなくわかるんだが、調査員さん。アンタはなるべく殺さないで済ますつもりだろう？　そういう目をしている」

「……確かに、私は幻獣の処分は好みません。ですが『第一種危険幻獣』は速《すみ》やかに捕獲《ほかく》、人家のない『保存地域』への移動、または『駆除《くじょ》』を行わなければならない存在です。水棲馬は『保存地域』への移動が推奨されている希少幻獣ではなく『駆除対象』となります。それに、既《すで》に深刻な被害も発生しています。私も住民の皆様の安全を何よりも最優先とし、己《おのれ》の責務《せきむ》を果《は》たすつもりです」

「そうかい。それじゃあ、調査員さんは俺が死ぬことがあったらアイツを殺してくれ」

「私が殺してもあなたが殺しても結果は同じです。そうは思いませんか？」

「思わないな、これは俺の問題だ」

バーナードは足を止め、フェリを振り返った。その目には強情《ごうじょう》な彼女に対しての怒りが鮮やかに浮かんでいる。フェリは蜂蜜色《はちみついろ》の瞳《ひとみ》で、燃えるような目を静かに見返した。

「娘を、大事なもんを殺された憎《にく》しみは、誰かに託《たく》して晴れるもんじゃゃねぇ。わかってくれ。もしも、ここでアンタに敵を譲《ゆず》ったら、俺は一生後悔することになる」

「あなたのお嬢様なら、きっと優しい方だったのでしょう。獣害の被害者の多くは、自身の復讐《ふくしゅう》が果たされることよりも、遺族の身の安全を望むものです。たとえ、死んだ彼女が仇討ちを望まなくとも………それでもやるのですか？」

「あぁ、その通りだ。俺はな………俺はただ、憎いんだよ」

バーナードはぽつりと呟いた。彼は憎いという言葉には似つかわしくない、どこか空虚な表情で独白する。


「娘を殺した怪物が、俺は憎くて憎くて仕方がないんだ」

幻獣には人のような善悪はない。その生態が動物に近い種族ならば尚更《なおさら》だ。

彼らはふらりと現れた先で、人間という肉を悪意なく貪《むさぼ》る。だからこそ、御伽噺《おとぎばなし》や伝説には人と幻獣の戦いの逸話《いつわ》が散見《さんけん》されるのだ。

娘を食われた父親の憎しみに、フェリはもう何も言わなかった。

バーナードは納屋《なや》の扉を開いた。そこには一匹の子羊が背中にフックを刺《さ》され、天井《てんじよう》の梁《はり》に渡された縄《なわ》で吊るされていた。首元を掻《か》き切られた子羊の足元には、どす黒く粘《ねば》つく血溜《ちだ》まりが広がっている。バーナードは小蝿を払いながら、子羊の死体をフックから降ろすと分厚い毛布《もうふ》で包《くる》んだ。大人《おとな》しくついて来ていた老犬の背中に、彼は縄でそれをくくりつける。血の匂いに興奮することなく、老犬は死体を背負った。

更にバーナードは既に荷詰めの済んでいた重そうな鞄を担いだ。左肩に鉄の鉤、右肩に鞄をかけ、彼は老犬を伴《ともな》って歩きだす。雷に怯える羊達を小屋へ戻す暇《ひま》も惜《お》しみ、彼は村へ続く道を進んだ。フェリは無言で、その後を追いかけていく。

「ついて来るのはいいが邪魔《じやま》だけはしてくれるなよ。どうやって非力そうなアンタが化け物退治をするつもりなのかは知らんが、調査員さんの出番は俺が死んでからだ……もしも邪魔をすれば、容赦《ようしや》はできない。頼むから止《や》めてくれ」

バーナードは暗く沈《しず》んだ声で断言した。同時に、フェリの足元の影がざわついた。低く陰鬱な声が、そのままの響きでフェリに問いかける。

『どうする、我が花よ？　あの人間が馬鹿げた仇討ちを始める前に、見つけ次第水棲馬を串刺《くしざ》しにすることも、我にはできるが？』

「だめ。あの人は本気だから。ここで私が無理に手をだせば、本当に一生引きずることになってしまうと思うの。獣害による被害者の精神的負荷《ふか》の軽減《けいげん》も調査員の責務……『駆除対象』の処罰については、彼の希望に従います。あの人が危なくなったら、あなたはすぐに出て」

『それがよかろう。あの男、敵を奪《うば》われてはお前の方を殺しかねん。さすれば、我があの男を殺すことになろうよ。毒虫の一匹程度、潰すのは別に構わんが、我のお前は嫌だろう？』

「それは絶対にだめ。たとえ、私が死ぬことになってもだめだから」

『馬鹿を言え。我が殺すのなら相手が殺意を向けてきた瞬間、お前の殺される遥《はる》かに前だ。お前を誰にも殺させはせぬ……絶対にだ。それだけは、我のお前の頼みとしても譲ってはやれぬな』

「クーシュナの馬鹿。頑固《がんこ》。意地《いじ》っ張《ぱ》り。わからずや」

『何故そこで迷いなく悪口を返されねばならぬのか、我は途方《とほう》に暮《く》れるのだな』

何を言ってもクーシュナは聞きいれないとフェリにはわかっている。彼女は頬を膨《ふく》らませ、ただ怒りの言葉を投げた。なんだなんだと戸惑《とまど》うクーシュナにフェリは続ける。

「かっこつけたがり。寂《さび》しがりや。尻尾《しっぽ》の手入れしすぎ」

『尻尾はふわふわであるに越《こ》したことなかろぉっ？』

クーシュナは悲痛に訴《うった》えた。同時に囁き声が聞こえたのか、バーナードが不思議そうに振り返った。クーシュナは黙りこみ、フェリの影は波打ちながら平坦《へいたん》に戻った。老犬は再びじっとそれを見つめる。フェリは体を屈《かが》め、忠実に子羊を運ぶ老犬に尋ねた。

「お前は本当にこれでいいの？」

「…………………」

「ソイツは鳴かんよ、嬢ちゃん」

フェリが老犬に話しかけると、バーナードは前を向いたまま声をあげた。その返事に、フェリは首を横に傾げた。彼女は老犬に顔を向けたまま尋ねる。

「鳴かない？　何故ですか？　もしかして発声器官に傷が？」

「ソイツはな真っ黒で不吉だってんで、できたての墓地に生きたまま埋《う》められる予定だったんだ。墓を守護する墓守犬としてな。だがな、それをうちの娘がかばったんだよ。私が死んだら魂は墓守人になる。だから、この子を埋めないで許してやってくれってな。以来、ソイツはうちの犬になったが、よっぽど怖《こわ》かったのか一言も鳴きやしねぇんだ」

「犬の、代わりにですか」

フェリは呆然《ぼうぜん》と繰《く》り返《かえ》した。墓地の守護のため、まだ死者のいない土地に獣を埋めるのは残酷《ざんこく》だがよくある風習だ。埋められる生け贄《いにえ》は子羊や豚のこともある。その代わりになろうと誓《ちか》い、死後も拘束《こうそく》される道を選ぶとは並大抵の覚悟《かくご》ではなかった。フェリは勇敢《ゆうかん》な少女の姿を思い描こうとした。だが、棺桶に転がる肉片だけが瞼《まぶた》の裏に浮かんだ。

「あぁ、だが、娘は肝臓しか戻らなかった……アイツの魂が一体今どこにあるのか、本当に墓守人になったのかどうか、それすら俺にはわからんよ」

再び虚《うつ》ろな声でバーナードは囁いた。そのままひとりと一匹は何も喋《しゃべ》ることなく道を進んでいく。だが、彼らは特に打ちあわせた様子もなく、村への道を半《なか》ばで逸《そ》れ、森へ入っていった。その背中をフェリも追いかける。

灰色の曇り空の下、森の中は早くも夜が訪れたかのように翳《かげ》っていた。奥に進むにつれて土は柔《やわ》らかく崩《くず》れ、靴底に張りつくようになっていく。水っぽい不吉な冷たさが森全体を包みこみ、白い霧《きり》が重く視界を漂《ただよ》い始めた。枝の張り巡らされた白い世界は何もかもが危うく不確かだ。乳白色の霧の中では、人の影も木々の影も容易《ようい》には見わけがつかない。それでもフェリは必死にバーナードの背中を追った。だが、ふっとそれは視界から消えた。続けて軽く跳躍した老犬も霧に飲まれてしまう。ふたつの水音が連続した。

「…………湖？」

　フェリは急いで彼らが消えた位置へ駆け寄った。張りだした木々の根を踏《ふ》み、彼女は前へ出ようとする。だが、同時に後ろから影に腕を引かれた。立ち止まったフェリの足先から、ぱらぱらと小石が霧の中に落ちていく。数秒後、水音が聞こえた。

「……ありがとう、クーシュナ」

『なに、こんな視界の悪い場では、我のお前の代わりに目を果たすのが我の義務故《ゆえ》な』

　見れば途中から地面は崩落《ほうらく》していた。その下には湖が広がっているらしい。霧の中に目を細めると、小石の散らばる薄く濁《にご》った浅瀬《あさせ》が見えた。身構えずに落ちてしまえば危険だろうが、それほど距離はない。恐らくひとりと一匹はここから飛び降りたのだろう。

『主よ、足を』

「ありがとう、クーシュナ」

　フェリはクーシュナの作った影の足場を進んだ。最後の一歩を省略して浅瀬に飛び降りると、底の厚い革靴が水草を含《ふく》んだ泥にめりこんだ。

　雲のように水面を厚く漂う霧の中、彼女はバーナードの背中を探し求める。

――――バシャンッ、バシャンッ

少し先で、派手な水音が聞こえた。音を頼りに、フェリは湖を渡る男と老犬の姿を見つけた。バーナードは老犬と共に、湖の中州《なかす》に辿《たど》り着《つ》くと鞄を降ろした。フェリも慌てて追いつき、その隣《となり》にしゃがみこんだ。

バーナードは鞄の中から小さなシャベルを取りだし、穴を掘り始めた。穴が十分な深さに達すると、彼は大きく平らな石を川辺から運び、その両端に置いた。次に、鞄から紙に包まれた石炭《せきたん》を取りだし、乾いた木材と共に穴の底に詰めた。マッチで紙に火を点《つ》け、彼はその中に放りこむ。

炎が勢いよくあがると、バーナードは老犬の背中から子羊を降ろした。鉄の鉤の中から一本を選びだし、彼は柄の方から羊に突き刺していった。嫌な音をたて、貫《つらぬ》かれた肉から血が滴《したた》り落ちる。半ば無理やり肛門《こうもん》から口までを貫き通すと、彼は鉤の両端を石の上に置いた。不安定ながらも、子羊は炎にあぶられて焼け始める。

バーナードは残り二本の鉤を火の中に入れ、鞄から取りだした鞴《ふいご》で空気を送りこみ、強く熱し始めた。彼は真剣な眼差《まなざ》しで子羊と鉄の鉤を焼いていく。

汗を拭《ぬぐ》い、彼は掠れた声で囁いた。

「怪物退治には鉄の武器が一番だ。俺のじいさんが昔話でそう言ってたんでな。こいつは友人の鍛冶屋《かじや》に頼んだ特注品さ。娘が死んだ夜から今までに作りあげてくれたんだ」

子羊の焼ける匂いが湖に広がった。毛も内臓も取っていない、血抜きも完全には終わっていない肉の焼ける匂いは悪臭に近い。だが、同時に強く獣性に訴えかける匂いでもあった。羊の毛が一部燃え、内臓から垂《た》れた脂《あぶら》が炎に落ち、ジュッと音をたてる。

――パシャッ、パシャッ

その時、軽い水音がした。バーナードは弾《はじ》かれたように顔をあげる。フェリも音の方向に目を凝《こ》らした。霧の中には何も見えないが、彼女は緊張を解かなかった。

バーナード達が湖を渡ったときは、もっと派手な水音がしたはずだ。今の音は、音の主が軽《かろ》やかに水面を歩いているとでも考えなければ説明がつかない。すぐに、場の緊張に応えるように水音は再開した。

パシャッ、パシャッ、パシャッ、パシャッ、パシャパシャパシャッ、パシャンッ

最早《もはや》間違いなかった。何かが湖面を走り回っている。

「……………来たか」

「………………エッヘ・ウーシュカ」

突然、沈黙が訪れた。白く幻想的な霧の幕《まく》は動かない。やはり何もいないのかと錯覚《さっかく》しそうになるほど長い静寂が続いた。だが、不意にブルルッと短い鼻息の音が響いた。霧を蹴散らして、何か大きな塊《かたまり》が駆《か》けてきた。水面を蹴散らす蹄《ひづめ》の音が、大地を蹴るものに変わる。中州に昇った異形は羊へ突進してきた。炎の前で、それは強く地を蹴る。

フェリは思わず息を飲んだ。

燃える炎に、長い毛を絡《から》ませた醜《みにく》い馬の姿が照らしだされた。

美しい姿で人を惑《まど》わす必要がないためだろう。怪物そのものと化した水棲馬《エッヘ・ウーシュカ》は羊に食らいつこうとした。バーナードは穴の中で燃やしていた鉤を摑んだ。燃える石炭の欠片《かけら》を撒《ま》き散《ち》らしながら、彼はそれを水棲馬の体に叩《たた》きつけ、そのまま手元へ引いた。

「うおおおおおおおおおおおおおおおおおおおおおおおおおおおおおおおっ！」

怒号《どごう》と共に、彼は水棲馬の毛皮と筋肉を裂《さ》いた。ドッと溢《あふ》れだした黒い血が地面に降り注《そそ》ぐ。生臭い匂いが鼻を突いた。

水棲馬は苦しげないななき声をあげると、カッと地面を蹴った。弱った様子もなく、それは高々と跳躍する。血を辺りに撒き散らしながら、水棲馬は霧の中に飛びこんだ。

「やったか？」

「駄目ですっ！　彼はまた来ますっ！」

フェリが叫んだ瞬間、燃えるような憎悪《ぞうお》を宿した目が霧の中に光った。夜に輝く星のようにそれは紅《あか》い尾《お》を引きながら近づいてくる。

霧が爆発的に割れた。そこから海藻《かいそう》のごとくもつれた毛をなびかせ、醜い馬が飛びこんできた。水棲馬は長い腸《はらわた》を引きずりながら、バーナードへ飛びかかる。その鼻面に脇《わき》腹《ばら》を突かれ、彼は湖へ倒れこんだ。水飛沫《みずしぶき》があがる。水棲馬はバーナードを更なる深みへ蹴り落とそうとした。そのまま、水中に引きずり込まれてしまえば命はない。

フェリがクーシュナへ指示を出そうとした瞬間だった。


ウォオオンッ！


時が、止まった。少なくとも、フェリにはそう感じられた。

それは憎悪の声だった。殺意の声だった。

同時に、鬨《とき》の声でもあった。

老犬が吠《ほ》えている。フェリは呆然とその様を見つめた。

今まで一言も鳴かなかった、言葉を失っていたはずの老犬は高々と咆哮《ほうこう》し、地面を蹴った。口を大きく開け、彼は水棲馬の喉笛《のどぶえ》に鋭《するど》い牙《きば》を食いこませた。水棲馬は空中を仰《あお》ぐと血泡を吹き、たくましい首を狂ったように振った。だが、老犬は決して牙を離そうとはしない。その目の中には、水棲馬の怒りに負けない炎のような憎悪が燃えていた。

水棲馬は必死に暴れ、老犬を中州に叩きつけた。だが、背骨を強打されてもなお老犬は顎を嚙《か》み締《し》め続ける。そのまま二匹はもつれあうようにして湖の中へ転がっていった。

派手な水音が響き、静かになった。霧の幕の向こうに、もう見えるものは何もない。

フェリは一瞬迷いながらも、バーナードに駆け寄った。だが、腰から下は水に浸かったまま、彼は脇腹を押さえ、首を横に振った。

「俺は、大丈夫だ……それよりアイツの、アイツのところへ行ってくれ。骨がやられちまったらしい、俺は動けないんだ」

彼の言う『アイツ』が老犬のことを指しているのか、水棲馬のことを指しているのか、フェリにはわからなかった。だが、確認することなく、彼女は湖へ駆けだした。

湖の深みに、フェリは躊躇いなく入っていく。沈みかけたその足を、闇の蔦《つた》が下から支えた。彼女は闇の足場を踏みながら湖上を駆け回る。だが、二匹の姿はない。トローも鞄の中から滑《すべ》り出てくると、加勢するように辺りを飛び始めた。

フェリは更に急ごうとして貫頭衣《かんとうい》の裾《すそ》をもつれさせ、転びかけた。邪魔な服の裾を乱暴にめくり、彼女は走り続けようとする。

「ええいっ、まだるっこしいっ！　こうした方が早かろうっ！」

「クーシュナ？」

「それに淑女《しゅくじょ》たるもの、それは流石《さすが》にどうかと思うぞ我が花よっ！」

「いいから、お願い、探してっ！」

クーシュナはフェリを姫抱《ひめだ》きにすると湖上を走った。やがて、フェリは浅瀬に動く影を見つけた。一瞬白色の中にちらりと覗《のぞ》いた黒い影に向かって、フェリは指を伸ばした。

「クーシュナっ！」

「うむ」

彼女の指示を受け、クーシュナは走った。やがて、霧の向こうに老犬の姿が見えた。

老犬は震えながら、何かを地面に吐きだした。毛の生えた馬の喉笛らしき肉がべしゃりと地面に落ちる。だが、それはすぐに透明に崩れ、クラゲに似た物体に変わった。

クーシュナの腕の中から飛び降りると、転びかねない勢いで、フェリは老犬に駆け寄った。だが、途中で彼女はハッと足を止めた。

老犬の腹には大穴があいていた。

噛みちぎられたらしい傷口からは内臓が覗き、大量の血が湖へ流れ続けている。

もう、絶対に助からない傷だった。だが、死の恐怖に晒《さら》されてもなお、老犬は自分のためには鳴こうとしなかった。再び声を失ったかのように、老犬はただひゅーひゅーと荒い息を吐《は》き続けている。その目は涙に濡れているが、不思議と何かをやりとげたとでも言いたげに澄《す》んでいた。フェリはふと先ほどバーナードから聞いた言葉を思いだした。

大事なものを殺された憎しみは、誰かに託して晴れるものではない。

殺された娘は墓守犬をかばって、自分が墓守人になると言ったという。

「お前も…………………………………憎かったの？」

老犬はぼとぼとと大粒の涙を落とした。その目は更に濁り、焦点を失っていく。不意に、彼はフェリを見つめ直すと、何かに気づいたかのようにゆっくりと瞬きをした。

老犬は鼻から息を吐き、大量の血を流しながらよろよろと前へ進んだ。フェリは慌てて泥の中に膝《ひざ》を突き、彼を抱きとめた。その血でフェリの全身は真《ま》っ赤《か》に染まっていく。

老犬はフェリの服の裾を噛み、ぐいぐいと引っ張ると、地面に落ちた水棲馬の残骸《ざんがい》を示した。その様はまるで自分はやったと、やりとげたと主《あるじ》に報告するかのようだ。

そこでフェリは気がついた。彼は混濁《こんだく》した意識の中でフェリを誰かと勘違《かんちが》いしている。

少女の白い手に、老犬は何度も鼻先を擦りつけた。子犬が飼い主に甘えるような仕草《しぐさ》を見て、フェリはその頭を何度も撫でた。そこで、やっと安心できたかのように、老犬は小さく鼻から息を漏《も》らした。最後の力を振《ふ》り絞《しぼ》るように、老犬はゆっくりと尾を振る。

何度も、何度も、尾を振って。

老犬はドサッと、その場に崩れ落ちた。

フェリはそっと手を伸ばした。彼女は開かれたままの犬の瞼を閉じてやる。

クーシュナはその隣で山高帽《やまたかぼう》をだすと胸に押し当てた。追いついたトローがひらりとその肩に止まる。何かを尋ねるように顔を寄せてきたトローに、クーシュナは囁いた。

「珍しいことをする、か？　まぁ、な。同じ従者として敬意を表すべきだと思ってな」

彼の隣でフェリも手を組みあわせ、目を閉じた。彼女は赤く染まった服が更に汚れるのにも構わずに、血溜まりにひざまずいて祈り続ける。やがて彼女は小さく呟いた。

「バーナードさんに教えなくては。この子が彼女の守る墓地に埋めてもらえるように」

「我が花よ。墓守人とこの老犬は、果たして再会できると思うか？」

「わからない。今、彼女の魂がどこにあるのか、誰にもわからないもの。けれど」

フェリはそっと手を伸ばした。ゆっくりと、彼女は犬の頭を撫でる。復讐を果たした犬の魂は今どこにいるのだろうか。それは誰にもわからない。それでも。

「彼らはもう、きっとどこにでも行けると思う」

二人の再会を願い、もう一度目を閉じ、開き、フェリは立ちあがった。

周りには静謐《せいひつ》な湖が広がっている。そして、森からは霧が晴れつつあった。

「わかった。お前を黙《だま》らせるためには、なんらかの代償《だいしょう》が必要なのであろう？」

ある日、腕組みをしながら王様は少女にそう言いました。鮮《あざ》やかな緑の小枝で冠《かんむり》を作っていた少女は首を傾《かし》げました。彼女は完成した冠を、返事を待つ王様の頭の上に載《の》せました。いや、それはいいからと王様は冠をとって口を開きました。

「知っておるぞ、人とは領地を求めて争い、財《ざい》を求めて戦う。人間は対価で動く生き物なのであろう？　今まで我は、お前に黙れというばかりであったからな。何が欲しい？　お前はうるさかったが、確かに今まで退屈《たいくつ》はしないですんだ。お前が望むのなら、それこそ人の望みうる全てをやるが」

「欲《ほ》しいものはないから」

「で、あるか？」

「で、ある」


少女がそう言うものだから、王様は途方《とほう》にくれました。

少女は殺すな壊すなと言い、色々な物を取ってきては王様に見せて、たくさんの話を聞かせてくるばかりで、決して何かを求めようとはしないのです。

それでも王様は、少女に城で見つけた人間の欲しがりそうな品々を見せました。宝石、ワイン、金貨に貴重な装飾品。けれども、少女はやはり何もいらないと応《こた》えました。


毎日、毎日、そんなことを繰《く》り返《かえ》した末に、ついに闇の王様は降参《こうさん》しました。


「わかった。お前には本当に何も望みはないらしい」

「欲しい物は何もないわ。でも、望みはあるの。あなたに誰《だれ》も傷つけないでいて欲しい」

「それだけでいいのか？」

「そう」

「それだけか？」

「そうよ」

「本当にそれだけか？」

「それだけ」

「そうか、そういうものか」

「あっ、でも」

「うん？」


少女の言葉に、王様は身を乗りだしました。どうやら少女にも欲しい物があったようなのです。王様はとても気になりましたが、同時に、実は少しだけがっかりもしました。王様が外《はず》し続けていただけで、やはり少女にも他の人間と同様に、求める対価があったのでしょう。けれども、少女は思いもよらないことを王様に言いました。


「ねえ、あなたにはこのお城から出る気はないの？」

「出る？　何故《なぜ》だ？　急に何を言いだす」

「あなたはね、こんな寂《さび》しいところにいるよりも」

「私と一緒にくれればいいと思うの」

王様は面食《めんく》らいました。それこそとてもとても、彼は驚《おどろ》きました。
そして、玉座の上で腕を組み、どうするべきか考え始めたのです。

第6話 子供部屋のボーギー

トローには不満なことがたくさんある。

一つ目は、自分の威厳《いげん》が何だか落ちているというか、認められていない気がすること。二つ目は、自分も主《あるじ》の護衛役《ごえいやく》のはずなのに何も役に立てていない気がすること。三つ目は、今日も今日とてクーシュナの主への距離が近く、頭突《ずつ》きをしたのにかわされたこと。

そして今は、鞄《かばん》の中から出られないことっ！

＊　＊　＊

そこは狭《せま》く、ボロボロだが、可愛《かわい》らしい家だった。

台所とひと続きの居間の壁には、そこかしこに乾燥《かんそう》させた薄紫色の花が虫留《むしと》めピンで留められている。カーテンのない窓からは、晩夏の気持ちのいい風が吹きこんでいた。端切《はぎ》れを縫《ぬ》いあわせたクッションを背中に当て、今は火の入っていない暖炉《だんろ》を前に、フェリは揺《ゆ》り椅子《いす》に座ってくつろいでいる。

その周りでは、三人の子供達が駆《か》け回《まわ》っていた。彼らは木片で作った剣を手に終わらない戦いを続けている。ジャガイモを茹《ゆ》でた巨大な鍋《なべ》を洗い終え、子供達の母親はエプロンで手をふいた。彼女は丸い鼻を赤く染め、困ったように笑う。

「すみませんねぇ、お客さん。うるさくって」

「いえ、お構《かま》いなく。私こそ、家族団欒《だんらん》の時にお邪魔《じゃま》してしまいすみません」

「何言ってんですか、構うこたぁないですよ。なんなら明日だって何日だって、好きなだけいてもらってもいいいいんですから。ねっ、お前さん」

「…………うん」

「嫌だよもう、この人ったら。話を聞いてないいんだから」

本をめくりながら生返事を返す夫に、夫人は腰に手を当て溜息《ためいき》を吐《つ》いた。だが、その声に本気で怒っている調子はない。夫人も知っているのだ。家の主人はフェリから貸してもらった家畜の医学書に夢中になっているが、彼がそうして書物を読みふけるのは――彼自身が動物の世話をすることが好きなのもあるが――何よりも家族の暮《く》らしを少しでも楽にするためだった。

今日、フェリがこの家に泊《と》まることになったのも、子山羊《こやぎ》の病気が原因だった。

悪い水を飲み、腹を下していた子山羊にフェリが薬草を与えたのだ。動物用の薬はたくさん持っていますからとの言葉に、家の主人は感銘《かんめい》を受け、フェリを自宅に招《まね》いた。夕飯の間中、フェリは彼と動物について議論を交《か》わした。フェリが幻獣についての知識もいくつか披露《ひろう》すると、家の主人は熱心に聞きいり、夫人の自慢料理をすっかり冷《さ》ましてしまった。夫人は腹をたてている振りをして、そんな夫を好いていることはフェリから見ても一目瞭然《いちもくりようぜん》だった。

フェリにとっても楽しいひと時だったが、実は夕飯以来ある問題が続いていた。

子供達があまりにもうるさすぎるのだ。三人のやんちゃな男の子のせいで、辺りはまるで妖精の酒盛《さかも》り場《ば》のような賑《にぎ》やかさになっている。どうやら彼らの目に映る世界は、フェリや両親達に見えるものとは根本的に違っているようだ。彼らはこの居間に大きく広がる魔法の大陸を取りあい、百年に渡る戦争を続けているのだという。

現在、暖炉前は長男の国で、居間の板敷の床の大部分――台所のタイル張りの床との境界線まで――は先の戦《いくさ》で功績《こうせき》をあげた次男の国となっている。そして飾り棚の下の毛《け》羽《ば》だったオリーブ色の敷布の上は、やや狭いが三男の国だった。また、床に入った亀裂《きれつ》は危険地帯であり、別世界への入り口でもあるのだという。

フェリは元気なのは何よりだと思い、クーシュナも自分に被害が及《およ》ばないぶんには騒ぎに対して寛容《かんよう》だった。だが、トローにはたまったものではなかった。何せ、家を訪れてからというもの、彼はずっと鞄の中に隠れることを強《し》いられているのだ。

「もうちょっとだけ待っててね、トロー。今、あなたが外に出たら危ないから」

フェリの囁《ささや》きに、トローはこくりと頷《うなず》いた。わんぱく小僧達《こぞうたち》に見つかれば、トローはあっという間にオモチャにされてしまうことだろう。

ここで外に出たが最後、トローは新たな大戦の火種になった挙句《あげく》、三国の争いに巻きこまれ、勝者の手によって宝箱に収められ、鍵《かぎ》をかけられてしまうに違いなかった。自分は財宝でもなんでもないのに、止《や》めて僕のために争わないでと、トローが斜《なな》め上のことを考えながら震《ふる》えていると夫人が叫んだ。

「こらっ、アンタ達っ！　いい加減にしないと、トム・ドッキンに食われちまうよっ！」

夫人は腰に手を当て、頬《ほお》を膨《ふく》らませた。子供達は一瞬きょとんとしたが、すぐにきゃっきゃと笑いだした。手製の伝説の剣を振り回しながら、長男はべーっと舌をだした。

「トム・ドッキンなんていないよーっだ！」

「また、そんなこと言ってっ！　トム・ドッキンは鉄の牙《きば》で、騒がしい子を頭から食っちまうんだからねっ！」

夫人はガオーッと脅《おどか》すように両手をあげた。だが、子供達は聞こうとしない。唯一《ゆいいつ》、三男だけは不安そうな顔をしたが、兄達の手前、平気な振りをすることに決めたらしい。

彼は素早く鼻の下を擦《こす》り、『別世界へ繋《つな》がる裂《さ》け目《め》』への三王国合同の探索隊へ戻った。この結果いかんによっては、百年の戦争が終わるかもしれないのだ。ぐずぐずしてはいられないのだろう。過酷《かこく》な冒険を続ける三人に、夫人ははぁっと溜息を吐いた。

「やれやれ、昔は結構効《き》いたんですけどね」

「子供部屋のボーギーですね？」

フェリが尋《たず》ねると、夫人はそうだと頷いた。彼女は子供達を抑《おさ》えるのは諦《あきら》めて、乾《かわ》いた皿を食器棚に戻しに向かった。彼女が場を離れると、クーシュナは小声で囁いた。

『主よ、なんだそれは。聞いたことがないが、幻獣か？』

「うーん、そうだけど、違うの。『子供部屋のボーギー』は妖精種に属《ぞく》する幻獣だけれども、実在はしないわ。マムポーカー。果樹園《かじゅえん》のジャック。ものぐさローレンス。オード・ゴギー。グースベリー女房――――彼らは子供たちを危険な場所から遠ざけるために大人《おとな》に作られた架空《かくう》の存在なの」

『なるほど。子供に対しての脅し歌のようなものか。それは幻獣書には記《しる》せぬな。どうりで、聞かない名のわりに、我のお前が大人しくしていると思ったわ』

「うん、残念だけれどね。どの子かが実在していてくれれば楽しいのだけれど」

そうフェリは微笑《ほほえ》んだ。皿を片づけ終えた夫人はフェリにお茶をだしてくれた。乾燥させたハーブを数種類混ぜ合わせた葉は、夏にぴったりの爽《さわ》やかな味がした。

夫人は子供達にもう寝ますよと怒鳴《どな》った。子供達は剣を振り回して抗議の意を示したが、父親が無言で立ちあがると渋々《しぶしぶ》といった様子で今日の成果を紙に記《しる》した。彼らはそれを大事に宝箱という名のぼろぼろの紙箱にしまうと夫人に額《ひたい》へのキスをもらい、子供部屋に向かった。しばらくの間、そこからは賑やかな声が続いた。

夫人はフェリにお茶のお代わりを淹《い》れ、残りの家事を片づけた。やがて、騒がしい声が途絶《とだ》えると彼女は立ちあがり、フェリをやっと静かになった子供部屋へ案内した。

「それじゃあ、お客さんもどうぞこちらへ。すみませんね。客間なんて上等なものはないもんですから……私達の寝室より、子供達の部屋の方が断然寝具がいいんですよ」

三人の子供達が並んで眠る横には、ちょうどフェリひとりなら横になれそうな隙間《すきま》があった。だが、子供達は左へ右へ自由に転がっている。これは困ったと、夫人はぺちんと自分の額を叩《たた》いた。

「あぁ、でも駄目《だめ》だね、これじゃあ朝もうるさいだろうし……どうしましょう？　ぺったんこで固いんですけど、私は椅子で眠りますんでよかったら、私のベッドで……」

「いえ大丈夫です。私は家ではいつも傷ついた幻獣達と一緒に寝ていましたから、この子達は彼らよりもとても静かです。朝はこの子達よりも早く起きますし、お構いなく。たくさんのお気遣《きづか》いをいただき、ありがとうございます」

「そうですか……それじゃあ、お客さん、よい夢を。何かあったら呼んでくださいね」

おやすみなさいと、フェリは頭を下げる。人のいい笑顔を残し、夫人は立ち去った。

子供達が寝ているのを確かめ、トローはぷはぁっと埃臭《ほこりくさ》い鞄の中から顔をだした。彼は羽を伸ばすように、部屋の天井《てんじょう》へと舞い上がる。だが、せっかく自由になれたばかりだが、今日はもう眠らなくてはならなかった。彼はカーテンの陰にいい隠れ場所を見つけ、ぶら下がった。ここならば朝までぐっすり眠れることだろう。

疲れ果てたトローの鼻先を、フェリは白い指で柔《やわ》らかくくすぐった。

「おやすみなさい、トロー。今日もありがとう」

『我が花よ、よき夢を見よ』

「おやすみなさい、クーシュナ。あなたもよい夢をね」

荷物を置き、軽い身支度を済《す》ませ、フェリは寝台に横たわった。

長男に足を載《の》せられながらも、彼女は目を閉じ、浅く息を吐《は》く。

そして、部屋の中は安らかな眠りの帳《とばり》に包まれた。

と、いっても本来、蝙蝠《こうもり》は夜が活動時間なのだ。

＊　＊　＊

勿論《もちろん》、試験管の小人《ホムンクルス》の亜種であるトローは例外ではある。

彼はフェリの行動時間に合わせ、早朝に起き、昼は飛び回り、夜は安らかに眠れるように造られていた。だが、今日のようにずっと鞄の中にいた日は流石《さすが》に蝙蝠の血が騒ぐ。少しくらい羽を伸ばしても許されるだろうと、トローはふわりと窓枠から飛びたった。壁に無数の落書きがされ、物の散らかり放題になった部屋は視覚的にうるさい。だが、今は子供達も静かなものだった。眠りの国にいる彼らの上を、昼間の怒りもこめてトローはひゅんひゅんと飛び回った。

君達が大人しくていい子だったなら、この見事な飛行技術を披露《ひろう》してあげたのにっ！

トローはそう憤慨《ふんがい》することこのうえなかった。実は、トローは子供と遊ぶのが嫌いではなかった。好きだと言ってもいい。何せ、彼らはトローを素直に賞賛《しょうさん》し、両手を叩《たた》いてくれるのだ。その時だけ、常に欠《か》け気味なトロー本来の威厳《いげん》もやや回復する気がする。だが、今日は散々《さんざん》だった。そもそも、こうも自分のかっこよさが地に落ちたのは、ことあるごとにクーシュナが小僧っ子と呼んでくるせいだと、トローはイライラと考えた。

今、トローが飛び回っていても、皮肉気《ひにくげ》な声は聞こえてはこない。どうやら珍しいことにクーシュナも寝ているらしかった。大方、あの兎耳《うさぎみみ》も涼しい顔をして子供達のどたばた騒ぎに耳が疲れたに違いないのだと、トローはふふんと思った。元気なのが自分だけだとは、これはもしや今後似《に》たような状況になったら活躍のチャンスがあるかもしれない。トローはそう期待に胸を膨らませながら、天井を眺め、床を眺め、縦回転を続けた。だが、壁に描かれた落書きを眺めているうちに、その考えは別のことに逸《そ》れ始めた。

子供達の騒ぎは確かにうるさかったが、その冒険には胸躍る点もあった。

トローは少しだけ考えてみる。

過酷《かこく》な冒険に向かう勇者トロー。敵なしの勇者トロー。

もし、本当にそうだったならどうだろう。

彼の縦横無尽《じゅうおうむじん》の活躍があれば、新しい幻獣も各地でたくさん見つかるに違いない。それこそ幻獣達が自ら伝説の勇者の下《もと》に出てくるくらいになるはずだ。そうすれば主ものうさんくさい兎耳ではなく、もっと自分を頼ってくれるようになるだろう。

まぁ、あの兎耳のことが嫌いなのかというと、別にそんなことはないのだが。やはりトローの活躍こそを世に響《ひび》かせたかった。いや、別に響かせなくてもいい。誰《だれ》にも知られなくても構わなかった。それこそ、トローは勇者の名に値《あたい》する名誉《めいよ》なんて、本当はこれっぽちも欲しくないのだ。

ただ、もしも自分に伝説の勇者くらいの力があったのなら。

きっと、主のことを何があっても守れるようになるに違いなかった。

そして、あの数少ない仲間である兎耳の助けにもなれることだろう。

トローは守られっぱなしなのは嫌だった。だめだった。あの兎耳にだって弱る時くらいあるはずなのだ。そんな時は、自分が頑張《がんば》らねばならない。それなのに、トローにはそれだけの力がなかった。いや、そんな風に諦《あきら》めるからだめなのだ。トローはぶんぶんと首を横に振った。トローにだって、やれることはきっとあるに違いない。

そう、今はそうでもないが、トローは本来かっこいい男なのである。

まずは威嚇《いかく》の練習からだった。直接戦わなくとも勝てる勝負もあるだろう。

決意を新たにするとトローは鼻をひくひくさせ、調子を整えた。実はこの技は数日前からこっそり磨《みが》き始めたものだった。トローとしてはなかなかまんざらでもない仕上《しあ》がりになってきていると自負《じふ》しているのだが、何せクーシュナの目があるため、練習が足りていないるとは言えない。今こそやらねばと、トローは翼をバサッと一打ちして停止した。

彼はくあっと口を開き、自画自賛《じがじさん》ながら百点満点の威嚇を披露《ひろう》した。

その超間近に、子供の顔があった。

カチッとトローは固まった。寝間着姿の子供も思いっきり固まる。ひとりと一匹は石の彫像のようになった。だが、子供の驚きに見開かれた目は、数秒後、ふにゃっと歪《ゆが》み始めた。四秒でトローは撤退《てったい》の判断を下し、勢いよくフェリの鞄の中に飛びこんだ。

子供――――三男は、次の瞬間、世界の終わりでも来たかのような大泣きを始めた。

「おかあさあああん、おかあさあああん、トム・ドッキンが来たよぉおおおおおっ！」

違う、トム・ドッキンじゃないとトローは叫んだが、彼の言葉はフェリとクーシュナ以外には通じない。三男が泣きだしたのを見て長男と次男も飛び起きた。泣き続ける三男に異様なものを感じたのか、あれだけ平気だと言っていたふたりも火の点《つ》いたように泣きだす。しかも、トイレに起きた三男が自分の上を通ろうが、次男に蹴《け》られようがぐーすかと寝ていたフェリまで、パッと目を開いた。彼女は見事な腹筋運動で起きあがると、トローを掠《かす》めながら鞄の中に手を突っこみ、紙束とペンを取りだした。

「トム・ドッキンがっ！　実在していたというのですかっ！　どっ、どこです？　どこにいますか？　せめてひと目だけでも」

「お前達、一体どうしたんだい？　お客さんっ？」

興奮したフェリの様子に、夫人は戸惑《とまど》った声をあげた。その腹に三男次男長男が次々と抱きつく。後からやってきた家の主人が、幼い頃のように泣く三人の頭を撫《な》でた。

夜を賑わせる大騒ぎの中、トローは鞄の中で震えながら、朝を待つしかなかった。

＊　＊　＊

翌朝、泣き疲れた子供達が眠る中、フェリは美味《おい》しい朝食をごちそうになった。

お世話になりましたと頭を下げ、いくつか家畜用の薬を譲《ゆず》るとフェリは夫婦と別れた。手を振り続ける二人に手を振り返し、フェリは街道を進んだ。

やがて、家が遠くに見えなくなると、フェリは両腕を組んで低く唸《うな》った。

「結局、トム・ドッキンの存在はこの目で確認できなかったなぁ……不確定幻獣として仮項目に追加してもいいのかどうか……一応、絵も描いていただけたけれども」

フェリは三男に描いてもらった絵を眺めた。そこには彼渾身《こんしん》のトム・ドッキンの絵が描かれている。黒い翼をもち、口をくわっと開いた幻獣を眺め、フェリは首を傾《かし》げた。

「でも、なんだか……見覚えのある何かに、似ていなくもない、ような？」

彼女からなるべく離れて飛びながら、トローは内心びくびくしていた。フェリが幻獣書にトム・ドッキンを追加しないこと。何よりも、自分の恥《は》ずかしい練習に気づかないことを祈って、彼はパタパタと進む。すると、どこからか笑いを押し殺した声が響いてきた。嫌な予感に駆られ、トローは辺りを見回した。その足元ににょっと影が伸びる。

『なぁ、小僧っ子よ。昨晩のアレだが』

「…………っ！」

『怒るな怒るな。笑いはせぬ。意図《いと》はわかるぞ。なかなか健気《けなげ》ではないか………いや、だがな、言わぬわけにもいかぬだろう？　ん？』

「…………っ！」

トローはバタバタと焦《あせ》り、クーシュナは愉快《ゆかい》そうに囁き続ける。

その様子を見て、フェリは今日もふたりは仲がいいなぁとぼんやりと考えた。

闇の王様のお話 7

考えて、考えて、考えるうちに闇の王様は段々《だんだん》腹が立ってきました。

そもそも、なんで闇の王様たる自分がこんなことで悩まなくてはならないのでしょう。

あの少女は無茶苦茶《むちゃくちゃ》です。いきなり押しかけてきた挙句《あげく》、何者よりも尊《とうと》き王様に一緒に来いとは一体どういうつもりなのでしょうか。それは毒虫ごときが気軽にしていい誘《さそ》いではありません。この城は所詮《しょせん》、気紛《きまぐ》れで定めただけの仮の住《す》み処《か》にすぎませんでしたが、人間達から守り続けるくらいには、王様はここを気にいっているのです。それなのに、何故《なぜ》、尊き王様が玉座から動かなくてはならないのでしょうか。あの小うるさい人間は身のほどを知るべきです。そうです、王様が行くわけがありません。

うるさい少女が去った後、城は再び黒い茨《いばら》に固く覆《おお》われることでしょう。
恐ろしい魔王の棲《す》むと噂《うわさ》される場所には、もう誰《だれ》も訪れはしないはずです。
そしてひとりぼっちの王様は、いつまでもいつまでも暗闇の中で暮《く》らすことでしょう。
王様は新しく撒《ま》かれた花を摘《つま》みあげました。そして、彼はぽつりと呟《つぶや》きました。

「あぁ――――そうであったな」

そうです、何も欲しい物がないのは、実は王様の方で。
彼にはひとりで残る理由なんて、本当に何もなかったのです。

第7話　ライカンスロープ

鏡《かがみ》のような満月の下、影絵のような黒い城の中で女性の泣き声が響《ひび》いている。

世にも悲しげな声を聞き、フェリは足を止めた。その白いヴェールを、晩夏にしてはあまりにも冷たすぎる風が揺《ゆ》らす。

彼女は冴《さ》え冴《ざ》えと輝く月から視線を落とし、山間に佇《たたず》む黒い城を見つめた。切りたった山肌に背を守られた堅固《けんご》な城は、心地よく棲《す》むためではなく、戦いに抵抗するためだけに造られた場所に見える。四方を囲む分厚い壁は高みを吹く風を跳《は》ね返《かえ》し、来客を拒《こば》むかのように、その前に立つ旅人達に送りつけてきた。

鋲《びょう》を打たれ、鎖《くさり》の巻きあげられた表門は井戸の底のような沈黙《ちんもく》の中にいる。分厚い木戸の向こう側で、泣き声は続いていた。普通の旅人ならば、城の中でひとりの女性が悲しみに暮《く》れているのだと思うことだろう。主人か我が子が死んだのかと、その切実な泣き声に胸を打たれさえするかもしれない。だが、フェリは知っていた。

止《や》むことのないこの声は、人間のものではないのだ。

「…………バン・シーだ」

彼女は小さく呟《つぶや》いた。その足元の影が解《ほど》け、細い案山子《かかし》のような人の形をとる。泣き声を追うかのように兎《うさぎ》の耳を左右に動かし、クーシュナはフェリに尋《たず》ねた。

「バン・シーは妖精種に属《ぞく》する幻獣だったな？　なかなかに胸打たれる切実な声ではないか。一体何故《なぜ》、こ奴《やつ》らはこんなに激しく泣いておるのだ？」

「バン・シーは旧家の誰《だれ》かが死ぬ時に、泣くと言われているの。彼女はもうすぐ死ぬ人のために泣いている……………一体、誰が死のうとしているのかしら」

フェリの呟きに答えはない。彼女はしばらく城を見つめていたが、ふっと視線を逸《そ》らした。荒涼《こうりょう》とした丘からはのたうつ蛇《へび》の腹のような白い道が伸びている。木々に隠されながらも道は山を下りきり、何百もの小道と階段の連《つら》なる葡萄畑《ぶどうばたけ》まで続いていた。タイル状に広がる葡萄畑の先には、薄い木片で造られた白い家々が羊の群《む》れのように身を寄せあっている。その合間にいくつかの小さな炎が灯《とも》り、ゆらゆらと揺れ動いていた。

「……………あれは松明《たいまつ》か。起きている人間が複数いるな。これはいよいよ本当らしい」

「ええ、そうね……でも、まずは行ってみなくては」

浮かない顔で頷《うなず》き、フェリはゆっくりと歩きだした。

泣き声の響く城に背を向け、彼女は山に入っていく。日頃から往来《おうらい》が多いためか、道は暗がりでも慎重《しんちょう》に歩けば問題ない程度に整えられていた。頭上に密《ひそ》かに張《は》り巡《めぐ》らされた枝の隙間《すきま》から零《こぼ》れ落《お》ちる月光も、無数の円となって灰色の道を照らしだしている。冴え冴えとした光の一筋一筋は、銀の針《はり》にも似《に》て見えた。

フェリは急ぐことなく、小さな明かり達を頼《たよ》りに歩を進める。

その時、遠くから奇妙な音が聞こえてきた。

無人の道に、ゆったりとした手拍子《てびょうし》と悲しくも優しい挽歌《ばんか》が響く。それに規則正しい足音も重なった。どこかおかしなリズムにフェリは眉根《まゆね》を寄せる。足音は軽く、音の主《ぬし》の歩幅は狭《せま》いように思えた。まるで闇の中をたくさんの子供達が歩いているかのようだ。

フェリは足を止めた。やがて、緩《ゆる》やかにうねる道の先に、人の背よりも遥《はる》かに小柄な影の並ぶ異様な列が見てとれた。

「あれは――……クーシュナ」

「了解した」

フェリの意図《いと》を素早く察《さっ》し、クーシュナは影を伸ばした。しなやかな闇の蔦《つた》に足裏を支《ささ》えられ、フェリは大振りの木の枝にしがみついた。大きく揺れた鞄《かばん》から、驚いたトローが顔をだす。フェリは木に登るとその頭を撫《な》でてやり、息を殺して道を見つめた。

そこに小さな葬列がやってきた。

紅《あか》い帽子《ぼうし》を被《かぶ》り、黒い服を着た小人達が、列の中心に棺桶《かんおけ》を捧《ささ》げ持って歩いている。子猫のようにその背は小さいが、顔は成人している。そんな彼らが足並みを合わせて進む様子は、まるで人間の葬列をそのまま縮《ちぢ》めたかのようにも見えた。

厳《おごそ》かな列は声もなく続いた。フェリは彼らには聞こえないよう、小声で呟いた。

「…………妖精の葬列だ」

月光が彼らの恭《うやうや》しく捧げ持つ棺桶の中身を照らしだした。その中には木彫《きぼ》りの男性の人形が入れられている。だが、人形の顔は潰《つぶ》されていて誰なのか判別できる状態ではなかった。無残に潰された目鼻立ちを、白い月光が残酷《ざんこく》なほど冴え冴えと露《あらわ》にしている。

やがて妖精達の葬列は過ぎ去った。フェリはクーシュナに抱きあげられ、木の上から降りた。何かを考えこむフェリを抱《かか》えたまま、クーシュナは怪訝《けげん》そうに呟いた。

「『妖精の葬列』とは、また珍しいものに出くわしたな……そもそも奴らに寿命はないはずだが」

「自分達の葬儀ではないの。妖精達は、何故か近日中に死ぬ予定の人間に似せた木彫りの人形を使ってその葬儀を行うことがあって……でも、あの人形には顔がなかった」

一体何故と囁《ささや》き、フェリはクーシュナの腕から地面へ降りた。不安になったのか、鞄から滑《すべ》り出《で》てきたトローが、そのヴェールの上にぺたりと乗る。彼の頭を再びフェリは白い指でくすぐった。クーシュナはピンクの鼻をひくひくと鳴らし、軽く肩をすくめる。

「やれやれ、何が起こっているのかはわからんが、幻獣による『死の予言』がふたつも重なるとは……なんにせよ不吉なのは間違いないな。噂《うわさ》もあながち馬鹿にはできん」

「ええ、そうね、クーシュナ。何かがおかしいわ。もしかして、本当に」

フェリは頷いた。彼女は本来の旅の予定を曲《ま》げてまで、この村に立ち寄る決め手となった、近隣の街で聞いた噂について呟く。

「幻獣が、人を殺しているのかもしれない」

荒涼とした丘に棲む領主の地にて、若い娘が次々と行方《ゆくえ》不明になっているという。

その犯人は、誰も正体を知らない、大きく凶暴な獣《けもの》だということだった。

＊　＊　＊

葡萄畑に網《あみ》の目《め》のように走る階段を降り、フェリは村へ辿《たど》り着《つ》いた。

夜闇に浮かびあがる薄い木材を加工した家屋や砂利《じゃり》の敷《し》かれた道からは、日々を生きることに対する金銭的な余裕が感じられる。重税を課《か》されている様子もなく、村は十分に裕福《ゆうふく》に見えた。だが、村内はひどく緊迫《きんぱく》した空気に満たされている。

村を囲む高く古びた柵《さく》の入り口には、松明を掲《かか》げた青年が立っていた。夜でも油断なく出入りを見張る様はまるで高貴な人間が死んだか、流行《はや》り病《やまい》でも始まったかのようだ。

訝《いぶか》しげに自分を見る青年に近づくと、フェリは襟元《えりもと》から取りだした銀の膏薬《こうやく》入《い》れを示した。彼はフェリの幼い顔立ちと古竜の紋章、そしてヴェールの上に乗った蝙蝠《こうもり》を交互《こうご》に眺《なが》め、思わずといった様子で目を見開いた。

「その紋章、そのヴェール、蝙、蝠？　………あなたは幻獣調査官？　何故、この村に」

「夜分遅くに失礼します。頭の上の子のことは、どうかお気になさらず。私は幻獣調査官ではありませんが、同等の権限を持つ幻獣調査員のフェリ・エッヘナと申します。旅の途中、若い娘が次々と行方不明になっているとの噂を聞き、何かお役に立てるかもしれないと参《まい》りました。私にお手伝いできることはありますでしょうか？」

「ありますっ！　ありますとも。幻獣調査官……いえ、調査員の方に来ていただけるとは、実にありがたい。俺達《おれたち》も獣が幻獣である可能性について、長く考えていたのです。さぁ、こちらへ」

松明を掲げたまま、青年はフェリの先に立った。彼はまだ明かりの灯されている武骨《ぶこつ》な平屋――元は村人達の共有の猟師《りょうし》小屋《ごや》だったのだという――にフェリを案内した。

中に入ると壁に複数の猟銃《りょうじゅう》がかけられ、獲物《えもの》の毛皮や角《つの》が飾られている様子が見てとれた。ランプの明かりの中、それらは複雑な陰影《いんえい》を浮かべ、ぬらりと輝いている。

フェリの訪れに、机を囲んでいた男達は訝しげに顔をあげた。獣を捌《さば》く台の下で仮眠をとっていた男も、何事かと這《は》いだしてくる。フェリを案内した青年は猟師小屋に詰めている様々な年齢の男達に幻獣調査員の訪れを告《つ》げた。好意的なざわめきの起こる中、特に体格のよく、堂々とした若者が前に進み出た。

「はじめまして、俺はフィリップという。村長の父の代《か》わりに、ここの代表を務《つと》めているんだ。本当は、領主のご子息のレナード様が一番の指揮官なんだが、今、彼は城にいる。よかったら、明日にでも紹介させて欲しい。この度は本当によく来てくれた」

「ご丁寧《ていねい》にありがとうございます。私は幻獣調査員のフェリ・エッヘナと申します。早速ですが、この村で一体何があったのかについて、お聞かせ願えませんか？」

「もちろんだ……獣の被害は数か月前の夜から突然始まったんだ」

フィリップはそう語りだした。獣の襲撃は月の冴え冴えと輝く夜から始まったという。

森の中に、祖母の見舞い用の花をひとりで摘《つ》みに行った娘が姿を消した。

娘の消えた森の中には、血濡《ちぬ》れた衣服の一部と多くの爪痕《つめあと》が残されていた。数日後、今度は別の娘が姿を消した。やはり、その現場には狼《おおかみ》に似た獣の爪痕が残されていたという。同様の被害は数日から数週間置きに続いた。そして、ある日、街から帰る途中の兄妹が襲われ、助かった兄がついに獣の姿を目撃した。

それは狼によく似た、獰猛《どうもう》な牙《きば》をもつ巨大な獣だったという。

以来、村人達は獣を殺そうとあらゆる策《さく》を講《こう》じてきた。村人の要請《ようせい》に応《こた》え、領主も城から人材と武器を出し、領主の息子《むすこ》に陣頭指揮を執《と》らせ、獣の対処にあたった。だが、まるで策を読まれているかのように獣は姿を見せず、罠《わな》にも何もかからなかった。

そして、被害は未《いま》だ続いている。

「この前は村外れの小屋が破られ、娘の部屋には血痕だけが残されていた……どこまで獣は、俺達の裏を掻《か》き続ければ気が済《す》むのか」

「なるほど……獣には少なくとも、人の行動を読み、裏を掻く知能があるということですね。貴重な情報をありがとうございます。そして……あなた方にとっては辛《つら》い話となってしまいますが、獣の歯型や被害に遭《あ》われた方の損傷《そんしょう》についても、可能でしたらお聞かせ願えれば幸いです」

「いや、それが……噛《か》み痕《あと》と言われても、娘の死体はひとつも見つかっていないんだ」

「死体が見つかっていない？」

フィリップの言葉に、フェリは軽く目を見開いた。その場で獲物の肉を貪《むさぼ》ることなく、全てを持ち帰る獣は少ない。子のいる巣穴に運んでいる可能性もあるが、それにしても被害者が全てさらわれているとは違和感を覚える話だった。

フィリップは、何故かはわからないと首を横に振り、切実な声で訴《うった》えた。

「だから、娘達が生きている可能性も考えて、俺達は捜索にあたっている。幻獣調査員殿も、ぜひ捜査に参加して欲しい。獣が幻獣ならば、俺達には知識がない。もしかして、あなたにしかわからない、獣の痕跡《こんせき》を見つけられるかもしれない」

「わかりました、私も獣の捜索に加わらせていただきます。被害者の方々の無事を祈り、尽力《じんりょく》させていただければ幸いです」

「ありがたい。ぜひお願いしたい……だが、今日はもう遅いな。あとは見張りを交代で行うだけだから……この村に宿はないんだが、ぜひ俺の家に泊まっていって欲しい。どうだろうか？　妻も両親もあなたを歓迎する」

「ご厚意に感謝します。そして、もうひとつお聞きしたいことがあるのですが……」

「なんだろうか？」

フィリップは首を傾《かし》げた。フェリは蜂蜜色《はちみついろ》の瞳《ひとみ》を一度閉じ、開いた。彼女は山からの冷たい風の吹きこむ窓に顔を向ける。開け放された両開きの鎧戸《よろいど》の向こうに、遠く影絵のようにそびえる城の尖塔《せんとう》が見えた。それを静かに眺め、フェリは尋ねた。


「城の泣き声はいつから続いていますか？」


獣と城になんの関係があるのかと、男達は戸惑《とまど》った顔をする。だが、中のひとり、くたびれた布の帽子を被った男が恐る恐る手をあげた。

「城の声……レナード様に聞いた話では、棲みついてる妖精が泣いてるって話だが、あれは確か、数か月前から聞こえていたはずだよ。最初に聞いた時、あんまり不気味《ぶきみ》だったもんだからよく覚えてるんだ」

「そんなに長く……わかりました。ありがとうございます」

フェリは深く頭を下げた。応えた男は、やはり戸惑い顔のまま頷く。

男達に見送られ、フィリップの案内の下、彼女は猟師小屋を後にした。村の中を進んでいると、半《なか》ば闇に溶けこみながらクーシュナがフェリの隣《となり》に並んだ。

『確か、バン・シーは旧家の誰かが死ぬ時に泣くはずだったな？』

「ええ、そのはずなの……家の人間が遠からず死ぬ時に……それなのに、ここのバン・シーは数か月もの間、泣き続けている……『妖精の葬列』の人形にも顔がない」

フェリは軽く唇《くちびる》を噛んだ。そして、彼女はその結論を囁いた。

「何かの理由で――彼らの『死の予告』は狂っているみたい」

だが、それが一体なんの意味をもつのか、今の彼女にはわからなかった。

＊　＊　＊

男達は昼前に軽い『獣狩り』を行うという。だが、フェリは闇雲に獣を探すにはまだ早いと彼らに自身の方針を説明し、『獣狩り』には参加することなく、被害者家族に娘が行方不明になった直後の状況を聞いて回った。最近押し入られたという家では被害跡も見せてもらい、爪痕の長さを計《はか》り、体格、鳴き声、足跡の大きさを紙に書きつけた。

情報収集を終え、フェリは頭の中を整理しながら、貰《もら》ったパンを齧《かじ》りつつ道を急いだ。

「狼にしては明らかに体格が大きい……それに二本の足で立ったという情報もある。人の行動を明らかに読みすぎている。でも、鳴き声や習性は狼とほぼ同じ……ここから導きだされる『幻獣』、は」

考えながら片手間に食事を終え、彼女は狩りを終えた面々の集まる集会所に向かった。中に入ると、フェリは固く顔を強張《こわば》らせた。その蜂蜜色の瞳からふっと表情が消える。

集会所の床には、大量の狼の死体が並べられていた。

白の漆喰《しっくい》で壁と天井《てんじょう》が塗《ぬ》られた室内は、広さはあるものの装飾は簡素《かんそ》で空虚《くうきょ》な印象があった。だが、祭事にも使用するためか、天窓には濁《にご》った色の稚拙《ちせつ》なステンドグラスがはめられている。床には不揃《ふぞろ》いの平《たい》らな石が並べられ、その隙間は石膏《せっこう》で埋《う》められていた。そこに広い毛布が敷かれ、数十匹に及《およ》ぶ狼の死骸《しがい》が積まれている。

ある死骸は頭部を吹き飛ばされ、ある死骸は肺を撃ち抜かれていた。天窓から降り注《そそ》ぐ金や紅の濁った光が狼達の白濁《はくだく》した眼球やまっすぐに突きだされた舌を照らしている。むせ返るような濃厚な血臭《けっしゅう》の中、フェリは歩を進め、フィリップの隣に並んだ。

「……これは一体？」

「獣の正体が全くわからないからな。目につく狼は片《かた》っ端《ぱし》から狩るようにしているんだ。この中に、偶然《ぐうぜん》でも獣が含まれていればいいんだが」

「ここに集められた死体は、全て通常の狼の体格をしています。獣はこの死体の中にはいません。何故、こんな無益《むえき》な犠牲《ぎせい》を」

「他にやれることもないんだ。もしかして、コイツらのどれかが、夜には体をでかくして娘達を襲うのかもしれん。ここまで捕《つか》まらないんだ。そう考えたくもなるだろう？」

「獣型の伸縮《しんしゅく》自在の幻獣には前例がありません。それに、もしもそんな存在がいるとすれば、人間が縄張りに侵入した段階で変化をするはずで」

「専門家の意見はありがたいが、俺達は可能性を少しでも潰しておきたいのさ」

「ただの狼を殺戮《さつりく》することに、利《り》があると本気でおっしゃっているのですか？」

「利なんてなくてもいい。娘達がさらわれるのを何もできないで待つのには、もう疲《つか》れただけだ。やれることは全部やる。あなたには獣を探して欲しいが、俺達のやることは止めないでくれ。それか、さっさと獣を捕まえてくれよ」

フィリップはそういらいらと言い放つとフェリの傍《そば》を離れ、死骸を運ぼうとしている男達に加わった。男達がかけ声と共に毛布を持ちあげると、溢《あふ》れた血が床にたらたらと紅い線を描いた。彼らは複数の靴底で、落下した毛と肉の塊《かたまり》を石畳みに擦《す》りこんでいく。

フィリップは布を運びながら振り向くことなく、フェリに声をかけた。

「レナード様は遅れている。午後からの狩りの前に紹介するから、ちょっと待っていてくれ。狩りと……嫌ならば見回りだけでも参加してくれ」

「……なるほど、犠牲が必要というわけですね」

『つまり憂《う》さ晴《ば》らしだな。とりあえず森の狼を全て殺しきると定《さだ》めれば、何か有益《ゆうえき》なことをやっているような気にはなれるからな。やれやれ、人は常に愚《おろ》かよ。そして、とばっちりを食らうのはいつの世でも武器を持たぬ輩《やから》というわけだ』

「……彼らの考えはわかったから、私は私のなすべきことをしないと。行きましょう」

足元でざわめく影にフェリはそう囁いた。死体を運ぶ男達に続いて、彼女も外に出る。

荷車に乗せられ、狼の死体は森から城へ昇る道を進んだ。荷馬車が跳《は》ねるたび血が路面に滴《したた》り落ちる。だが、馬車は途中で止められ、布は再び男達の手で降ろされた。道を僅《わず》かに逸《そ》れた場所、嵐《あらし》で木々の倒されたらしい、広場に似た空間に死骸は運びこまれる。

そこには、死体を捨てるための深い穴が掘《ほ》られていた。

穴の中には既《すで》に古い死体が層を成《な》している。下層の狼の半ば溶《と》けた腐肉《ふにく》は、死骸の重みで毛皮を残してぐずぐずに崩《くず》れていた。毛皮を剝《は》げば金になるだろうに葡萄の収穫時期でもある今、狩りにも人手が取られるためか、そこまでの人員を裂《さ》く余裕はないらしい。狼達は理由もなく、なんの益にもなることなく、無意味に屍《しかばね》を積み重ねられていた。

布が傾けられ、新たな死骸が落とされるたび、肉が潰れ、骨の砕《くだ》ける嫌な音が響いた。一斉に蠅《はえ》が飛びたつ様を、フェリは暗い表情で眺める。彼女の浮かない顔に気づいたのか、縮れ毛の男が近寄ってくると穴に死体を捨てる目的について語りだした。

「この穴はいっぱいになったら、火を点《つ》ける予定なんですわ。それまでに、この匂いに釣《つ》られて、獣が来てくれないものかと思っとるんですが」

「穴から悪い病が広まる方が先だと思われます……解決を急がなくては」

フェリはナナカマドの杖《つえ》を強く握りしめた。困惑《こんわく》したような表情をする男に礼をして、彼女はその場を離れる。フェリは広場の端へ移動すると、人々の目を盗んで木々の間へ体を滑りこませた。彼女は森の深部へ、冷たい暗がりの中を進んでいく。

分厚い革靴の底で、彼女は腐敗した葉の積み重なる柔《やわ》らかな地面を踏《ふ》んだ。人を拒み、植物の種《たね》は受け入れる地面は、踏み固められてはいないため歩きにくい。それでもフェリは獣道を探しだすと、慣《な》れた様子で歩を運んだ。

「こんなところまで空気が悪いなんて……本当に早くなんとかしないと」

『確かに、これはひどいな。臭《くさ》くてかなわん。森の悪意で息が詰まるようだ』

人に荒らされ、罪なき獣の血が何度も流された黒い森の中は、ひりつくような敵意に満たされていた。木々の間には粘《ねば》つく死臭と怨嗟《えんさ》の声が渦巻《うずま》いている。まるで狼の死骸の積み重ねられた穴の底にいるかのようだ。

フェリは銃痕と血飛沫《ちしぶき》の残る木の幹《みき》を撫で、歩を進めた。彼女は自身も一匹の動物であるかのように獣道を辿っていく。だが、不意にその足を止めた。

ヴェールの上で、トローが警戒《けいかい》の声をあげる。同時に、暗い森の中に光る目が灯った。

彼女の周りで、低い唸《うな》り声《ごえ》が響きだす。

気がつけば、フェリは灰色の狼の群れにとり囲まれていた。

「――――あなた達の長《おさ》は誰？」

臆《おく》することなく、フェリはそう尋ねた。だが、狼達は問いかけに唸り声を返し、頭を下げて獲物に飛びかかろうとした。たくましくしなやかな足で、彼らは地面を蹴《け》ろうとする。その瞬間、森の闇を人形に禍々《まがまが》しく塗り潰し、フェリの横に細い影が片膝《かたひざ》を突いた。恐ろしいほどの威圧感を放ちながら、クーシュナは愛らしい兎耳を揺らす。

狼達はザッと土を蹴り飛ばしながら足を止め、困惑するように鳴いた。ヴェールの上で威嚇《いかく》するトローを見て、彼らは更に戸惑った様子を見せる。

そのまま狼達が去ってしまう前に、フェリはまだ若い雄《おす》に手を伸ばした。再び狼が唸りだしたのを見て、クーシュナは小さく舌打ちした。

「動かないで、クーシュナ。大丈夫だから」

そう彼を止め、フェリはそっと若い狼の頭を撫でた。彼は徐々《じょじょ》に唸り声を収め、警戒の姿勢を解いていく。不意にぴくっと耳を揺らし、彼は高く頭を掲げた。同時に、ザッと全ての狼達が同じ方向を向いた。

彼らの視線の先には、鈍《にぶ》く光る曇天《どんてん》を覆《おお》い隠《かく》すように、黒い枝が張り巡らされていた。その背後、なだらかに盛りあがった地面の上に、一頭の年老いた灰色の狼が立っている。騙《だま》し絵《え》のように空に溶けこみながらも、彼は目を逸らしがたい威厳を放っていた。

フェリは静かに前に進み出ると、白いヴェールを揺らし、灰色の狼に深々と頭《こうべ》を垂《た》れた。そのまま顔をあげることなく、彼女は狼達の長に語りかけた。

「娘をさらう獣を恐れ、人間は狩りを行っています。このままでは、あなたの一族は狩りつくされてしまうことでしょう。しばらくの間、山の最奥、人の訪れない場所までお逃げください。数日のうちに、私がなんとかすると、お約束します」

…………………………………………グウッ

長い沈黙の後、低い唸り声を残し、灰色の狼は身を翻《ひるがえ》した。ザザザザッとフェリの周りで音が連なる。素早く地を蹴って、狼達は駆けて行った。

彼らは森の奥底へ、灰色の風のように消えていく。

フェリは小さく息を吐《は》き、身体《からだ》から力を抜いた。クーシュナはピンッとヒゲをひねる。

「流石《さすが》ではないか。これで少しは無駄《むだ》な殺しも減ることであろうよ」

「よかった。伝わって本当によかった……………これだけの森の狼の長なら、人の話を聞いてくれると思ったの。だけど、たまに全く聞いてくれない子もいるから」

「…………なぁ、我が花よ。もしや、自信がなかったとは言わぬよな？」

「うん、本当はなかったの、ごめんね。いたっ」

クーシュナは影で軽くその額《ひたい》を小突《こづ》いた。赤くなった痕をさすり、フェリは森を出るために歩きだす。彼女は明るい方へ木々の間を進んだが、突然足を止めた。

その前には、血濡れた灰色の毛玉が落ちていた。前足を吹き飛ばされた子狼が、絶命《ぜつめい》している。地面の上にひざまずくと、フェリは荒れた毛並みをゆっくりと撫でた。

「…………かわいそうに。ごめんなさい。あなたが死んでしまう前に間にあわなかった」

指を組みあわせ、彼女は目を閉じた。フェリは静かに、子狼のために祈り始める。

目を開くと、彼女は素手《すで》で地面を掘りだした。服を泥《どろ》と血で汚しながら、彼女は子狼を優しく抱きあげ、土の中に埋葬《まいそう》した。その様子を眺め、クーシュナは訝しげに尋ねた。

『珍しいな？　動物の死体をそのままにしてはおかぬのか？』

「普段なら、私が何もしなくとも、この子の体は小動物や蟲《むし》に食べられて正しく自然に返ることでしょう。でも、今、村の人達がこの子を見つけたら、あの穴に投げ入れてしまうでしょうから…………あの死体を積み重ねた穴には、怨《うら》みと悲しみしか詰まっていない。それはあまりにも悲しいわ」

子狼を埋め終えると、フェリは再び祈りを捧げた。血で汚れた服から泥だけは払い落とし、彼女は歩き始める。その傍《かたわ》らで小枝を踏む音が響いた。ヴェールを揺らし、フェリは振り向く。次の瞬間、突進してきた人影に、彼女は地面の上へ押し倒された。

「――――――ッ」

「逃げなさいっ、今すぐにっ！」

フェリに圧《の》しかかってきた青年はそう叫んだ。上質な革手袋をした大きな手が、彼女の小さな掌《てのひら》を覆う。手袋越しにも鋭い爪の食いこむ感触に、彼女は目を細めた。だが、次の瞬間、彼は猛烈《もうれつ》な勢いで吹っ飛ばされた。

フェリが起きあがると、幾本《いくほん》もの蛇のような影が、乗馬用の吊《つ》りズボンに革ベスト、よく磨《みが》かれたブーツという軽装《けいそう》だが上質な身なりの青年を絞《し》めあげているのが見えた。フェリは慌《あわ》ててびちびちと跳ねる影の端を摑《つか》む。

「クーシュナ、クーシュナ、だめっ！」

「安心するがいい、我が花よ。物凄《ものすご》く冷静かつ的確《てきかく》に絞めあげておる故《ゆえ》命に別状はない」

「冷静って、あなたこれとっても痛いからっ！　あっ、トローも駄目《だめ》っ！」

クーシュナが渋々《しぶしぶ》影を解いたところに、ヴェールから落とされたトローがトドメとばかりに突っこんだ。翼で顔をはたかれ、青年は癖《くせ》のある黒髪を揺らしてのけぞる。革手袋をした手で慌てて長髪を撫でつけ耳を隠すと、彼は改めてフェリを見た。浅黒い肌とよく似合っている大きな灰色の目には、明確な焦《あせ》りの色が浮かべられている。

「君は……………君はこんなところにいてはいけない。今すぐ逃げるんだっ！」

「…………あの、あなたは？」

「僕のことなんてどうだっていいっ！　君は幻獣調査員だよね。頼むから、これ以上、巻きこまれてしまう前に」

「レナード様？」

突然声をかけられ、フェリと青年は顔をあげた。いつの間にか、フェリは道の近くまで来ていたらしい。声をかけてきた老人は荷車を引いて城の方から歩いてきたようだ。

彼は背伸びをして、木々の間にいるふたりに戸惑った顔を向けていた。レナードと呼ばれた青年は素早く立ちあがり、挙動不審《きょどうふしん》を取りつくろうように空咳《からぜき》をした。

「や、やぁ、どうしたんだい、ジョージ？」

「どうしたもこうしたも……今さっき、城の厨房《ちゅうぼう》に頼まれた牛乳をお届けしたんですが、レナード様は狩りの陣頭指揮を執っておられるはずでは？　今頃、みんな探しているんじゃねぇかと思いますよ？」

「いや、うん、それがフィリップに幻獣調査員の方がおいでになったと聞いてね。森の中で見つけたので、危ないから外にお連れしようと思ったんだよ……そうだ、ジョージ。この人を村の門まで連れて行ってもらえないかな？　もうお帰りとのことだよ」

「そんな、私は帰りませんよ。あなたは一体何を言っているのですか？」

「君こそ、どうかそんなことは言わないでくれ。いいかい、とにかく帰るんだ」

「レナード様？」

「あっ、あぁ、待ってくれ、今みんなのところに行く。いいかい、君は早く去《さ》るんだよ」

青年は老人の方へ向かいながらも、何か言いたげに何度もフェリの方を振り返った。

だが、彼は最後には諦《あきら》めたように空を仰《あお》ぎ、道に飛びだすと、村の方へ駆《か》けて行った。

残された老人はフェリにどうすればいいのかと問うような視線を向けてきた。フェリは帰りませんよと改《あらた》めて彼に念を押した。その耳元に、クーシュナは不機嫌《ふきげん》な声で囁いた。

『あの若造……領主の息子のはずだが。急になんなのだ。我が花に狼藉《ろうぜき》を働くとは、全身の骨を折られなかっただけ、ありがたく思うがよい……だが、逃げろ、とは。これは何かありそうだな』

「あの人の目は優しかったけれど……うん、そうなのでしょうね……それに何かがあるのはもうわかっていることだったから」

外へは行かなくとも、せっかくだからという老人の親切な誘《さそ》いで、フェリは彼の荷台に乗せてもらい村へ戻った。老人に礼を言い、森の入り口付近で荷台を降りると、彼女は再び空を仰いだ。灰色の空を背に、山間にそびえる黒い城を睨《にら》んで、フェリは続ける。

「だって、獣はかしこくて、バン・シーは泣き続けているんですもの」

＊　　＊　　＊

午後からの狩りは狼を一匹も見つけられずに終わった。獣達の消失に、男達は不気味なものを覚えつつも、それが何らかの吉報《きっぽう》である可能性も捨てきれないらしい。彼らはレナードの指示の下《もと》、特に念入りに見回りの経路《けいろ》を定め、微妙《びみょう》な顔のまま一日を終えた。

山に食われるようにして太陽が消え、大きな月が昇ると、村は水のように澄《す》んだ闇の中に沈《しず》んだ。砂利の敷かれた白い道を、男達は松明を掲げて見回り始める。彼らは被害を防ぐべく、毎日欠かさず努力を重ねているが、犠牲者は跡《あと》を絶《た》たない。その事実について、フェリは松明の代わりに渡されたランタンを手に、村を回りながら考え続けた。

「前の娘は、数週間前にさらわれた。そろそろ、次の被害者が出る頃合いのはず」

『あぁ、そうだな。調査員が来たところで止まることはあるまいよ。止まることができることならば、最初からこれほどの被害は出てはおるまい』

クーシュナの言葉に、フェリは短く頷いた。彼女は見回りの男達の隙を横目でうかがいながら、わざと本来の順路をじりじりと逸れ始めた。

辺りから人気《ひとけ》が途絶《とだ》えたところで、フェリはランタンの明かりを服の袖《そで》で隠した。そのまま、彼女は闇にまぎれて、森の入り口へ走りこんだ。

昨日ほどではないが、月は明るく視界は明瞭《めいりょう》だ。灰色の道には、点々と月光が落ちている。彼女はランタンの明かりを解放すると、道を橙《だいだいいろ》色に塗り潰しながら森の中を歩き始めた。その耳元に、クーシュナは低く忠告を囁く。

『よいのか、我が花よ。獣の牙は我のお前の言った通り、次の犠牲を求めているはずだ。そして、うら若き娘がちょうどここにひとりいるわけだが？』

「それなら大丈夫よ。心配いらないわ」

『随分と大層な自信よな。我のお前はか弱き花だが、その根拠《こんきょ》はどこにある？』

「夜に一番強いのはあなただから」

『……なるほど？　うむ、我を信じるのは当然のことだが、くれぐれも油断はするでないぞ。お前に何かあってからでは遅いからな……ぁあ、それでは遅すぎるのだ』

「うん。ありがとう、大丈夫よ……それに、私にはトローもいるものね？」

フェリは鞄から顔をだしたトローの顎《あご》をくすぐった。トローは彼女を安心させるように大きく頷く。クーシュナはふんっと鼻を鳴らしながらも、再び影の中に溶けこんだ。

しばらく、フェリは無言で歩いた。ランタンの火でおばけのように長く伸びた木々の影を連れ、彼女は進んでいく。狼達の去った森の中はひどく静かだ。木の葉の鳴る音だけが、優しく空気を掻き混ぜている。だが、そこに再び異質な音が混ざり始めた。

優しくも悲しい挽歌と歩幅の狭い足音が、道の先から近づいてくる。

クーシュナはランタンに闇を素早く巻きつけて火を隠し、フェリを木の上に押しあげた。彼女が息を殺していると先日と同様に『妖精の葬列』がやって来た。行列は厳かに進んでいく。気づかれないようにその棺の中を確認して、フェリは小さく呟いた。

「…………やっぱり、顔がない」

今日も人形の顔は潰されていた。恐らく、この『妖精の葬列』はバン・シーの泣き声と同様に、毎夜繰《く》り返《かえ》されているのだろう。死ぬ予定の人物の葬式を正しく執り行えないせいで、妖精達は葬列を終わらせることができないのだ。

彼らが通り過ぎると、フェリは地面の上へ降りた。唇を噛み締め、しばらく考えを整理した後、フェリはクーシュナの黒い袖を引いた。

「…………ねぇ、クーシュナ。お願いがあるの」

「うん、どうした、我が花よ？　我のお前の望みならば、我はいくらでも聞くが？」

フェリは彼の長い耳に何かを囁いた。だが、それを遮《さえぎ》るように別の足音が聞こえてきた。城の方から、猛烈な勢いで固い蹄《ひづめ》の音が近づいてくる。

フェリはランタンからクーシュナの影を取り、橙色の火を高く掲げた。

闇の中に栗毛の馬が照らしだされた。引き締まった筋肉の脈動すら感じさせる至近距離で、馬は足を振りあげ、土を蹴って止まった。彫像《ちょうぞう》のように見事な体躯《たいく》が間近で跳ね、濃い獣臭《じゅうしゅう》が辺りに漂《ただよ》う。緋色《ひいろ》の上着を羽織《はお》った御者《ぎょしゃ》は、急停止に興奮する馬の手綱《たづな》を引きながら声をあげた。

「そのヴェールっ、もしや、あなたが村を訪れておられる幻獣調査員殿《どの》ですかな？」

「ええ、そうです。幻獣調査員のフェリ・エッヘナと申します」

フェリは頭を下げ、彼に応えた。ブルルッと馬は首を横に振る。その唾液《だえき》に直撃されたトローもプルプルと首を振った。馬の首筋をなだめるように撫で御者は顔をしかめた。

「幻獣調査員殿と言えど、夜の森のひとり歩きは危険ですぞ。獣がいつ現れるかわからんのですからな……しかし、行き違いにならずに済んで幸いでした。あなた様が獣の調査を始めたと聞き、領主様がぜひお会いしたいとおっしゃっておいでです」

御者の言葉に闇に溶けこんだクーシュナはぴくりと反応した。だが、フェリは彼に何も言うことなく瞼《まぶた》を閉じ、開いた。彼女は素早く息を整え、歌うように応えた。

「それはちょうど良かった――――私も今、うかがおうとしていたところです」

道の先、荒涼とした丘の上に、バン・シーの泣く城がある。

逃げろと言った、領主の息子の棲む城に、彼女は招かれた。

＊　＊　＊

分厚い石壁を隔《へだ》てた外では、バン・シーの悲痛な泣き声が響いている。だが、大広間には息づまるような静謐《せいひつ》な空気が広がっていた。

壁越しの濁った悲しみの声を聞きながら、フェリは薄暗い食卓に着いている。

寒々しい石の床の上に置かれた長テーブルには、見事な透《す》かし織《お》りのテーブルクロスがかけられ、金属製の燭台《しょくだい》が等間隔《とうかんかく》に並べられていた。蠟燭《ろうそく》の小さく淡い光には、掌ほどの大きさの金の器と杯《さかずき》が照らしだされている。既に食事を終えていたフェリのために、そこには蜜《みつ》をかけられた果物と甘口の葡萄酒が入れられていた。てらてらと輝く果物と、滑《なめ》らかに紅い酒はまるで本物よりも美しい偽物《にせもの》だ。

そして、フェリの前の椅子《いす》には、城の主《あるじ》が深く腰掛けていた。

「いやはや、こうしてお話しする機会をいただけて嬉《うれ》しく思いますよ、幻獣調査員殿。あなたのような、人の持ちえぬ知識をお持ちの方と席を共にできるのは光栄なことだ」

「ありがとうございます。私もお会いできて光栄に思います。それでは、よろしければ今回の獣による被害について、公《こう》の見解をお聞かせ願えませんでしょうか？」

領主、レオナルド公は白髪《はくはつ》の巻き毛と、宝石がはめこまれ、金糸《きんし》の縫《ぬ》いこまれた豪華な上着の似合う、いかにも貴族然とした上品な人物だった。

深刻な獣害について、彼は村民達とは別の意見を持っているのだという。そのため、幻獣調査員である彼女を城に招いたのだと、フェリは事前に聞かされていた。

彼女の短い返答にレオナルド公は頷いた。その仕草は穏《おだ》やかで、身分の高い人間につきものの高慢《こうまん》な印象からは遠い。レオナルド公は真剣に自身の見解を語りだした。

「そもそも、私は既に幻獣絡《がら》みの事件ではない、と考えているのですよ」

「…………獣などいない、ということですか？」

「いえ、獣はいたのです。だが、今はいない。あれほど何度も狩りを繰り返しているのです。該当《がいとう》する獣が既に狩られていても不思議ではないでしょう。罠にかかった中に、何頭か他より巨大な狼がいましたが初期の被害はそれの仕業《しわざ》でしょうな」

「襲《おそ》われた方の証言では、該当する大きさの獣はまだ捕まっていないとのことでしたが」

「人の記憶は歪《ゆが》むものですから。実際の大きさよりも、記憶の中の獣は膨《ふく》らんでしまったのでしょう」

レオナルド公はそう穏やかに微笑《ほほえ》んだ。彼は自らの杯を掲げ、滑らかなベルベッドのような葡萄酒を口に運んだ。この土地で採《と》れる葡萄から造られる酒は香り豊かで味にも深みがあるという。だが、フェリは頑《かたく》なに杯には手をつけず、固めた拳《こぶし》を膝の上に置いていた。レオナルド公は杯を戻すと、思慮《しりょ》深い声で先を続けた。

「私にも反省する点は数多い。最初に謎《なぞ》の獣などと大騒ぎをしてしまったのが悪かったのです。確かに幻獣の被害は交流のある貴族からも多々耳にしておりますが、元々固有の種がいついているわけでもない地に、滅多《めった》に現れるものでもありません」

「珍しい事例ですが、ないわけではありません。特に肉食の幻獣は、獲物を求めて、ふらりと遠方に現れる事例が複数確認されています。それに、未だ被害が多発していることについて、公はどのように考えておられるのですか？」

「残念ですが、事件は――――領民達の仕業でしょう」

彼は巻き毛を揺らし、恥じらうように首を横に振った。指輪の輝く掌を組み合わせ、レオナルド公は暗い表情で推測《すいそく》を重ねる。

「若い娘の死が一様に『獣の仕業』として扱《あつか》われるようになったせいで、全てを獣に押しつけて免罪《めんざい》を得るための仕組みが完成してしまったのです。恐らくその噂を利用して退屈な村の暮らしから逃げだしている娘や、不埒《ふらち》な考えから人を襲っている者がいるため、獣の被害は終わらないのです。私は自身の領地内の醜聞《しゅうぶん》を幻獣の仕業として広め、更なる被害を増やす気はありません。故に、幻獣調査官にも報告は行っていないのです」

「失礼ですが、素人《しろうと》判断での決めつけは危険ですよ。それに、あなたはご子息に陣頭指揮を執らせ、獣狩りに加勢をなさっているはずでは？」

「今はまだ、領民達が落ち着きませんからね。いずれ機を見て引きあげ、村内に流れる悪《あ》しき獣の噂を断ち、秩序を取り戻すつもりでいます。どうかご理解を。最も恐ろしいのは時に人なのです。私は幻の獣をこれ以上、この地に根づかせるつもりはありません」

　そうレオナルド公は断言した。彼は決意に満ちた眼差《まなざ》しをフェリに向ける。その緑色の目を、フェリは静かな瞳で見返した。彼は威圧的《いあつてき》ではないが譲《ゆず》らない口調で続ける。

「申し訳ありませんが、調査員殿にはお帰りいただきたい。私の領地のことは、私が決着をつけます。せっかくご足労いただき、申し訳ないのですが、この城に一泊後、明朝《みょうちょう》には旅立っていただきたい」

　レオナルド公は深く頭を下げた。彼は高貴な身分の人間とは思えないほど真摯《しんし》にフェリに接する。彼女が黙っているのを見ると、彼は労《いた》わるような言葉を続けた。

「あぁ、幻獣調査員殿にも生活がおありですか。心配は無用ですよ。私は国の倍額の報酬《ほうしゅう》をあなたにお支払いしたうえで領地の外れの街まで送らせるつもりでいます。もしも次に訪れる土地がお決まりであれば、そこまでの路銀も負担いたしましょう。こちらの都合でお帰りいただくのです。当然のことと考えますが……いかがでしょうか？」

フェリは黙ったまま、蜂蜜色の瞳で彼のことを見つめ続けた。レオナルド公は優しい微笑みを返す。蠟燭の炎が、その緑色の目を金に照らした。やがてフェリは囁いた。

「そうですね……確かに、娘達の消失は幻獣の仕業ではなさそうです」

彼女の言葉にレオナルド公は頷いた。炎から垂れた蠟がゆっくりと燭台を濡らす。再び沈黙に満たされた部屋の中に、バン・シーの泣き声だけが長く響き続けた。

＊　　＊　　＊

しっとりと肌に張りつくような冷たい暗闇の中、フェリは目を開いた。

四本の支柱と真珠色《しんじゅいろ》のカーテンに囲まれたベッドから、彼女はゆっくりと体を起こした。幽玄《ゆうげん》な影を描くカーテンのひだを慎重に左右に割り開き、フェリは耳を澄ませる。

彼女が眠ったかどうかを定期的に確認に来ていたメイドの足音はもうしない。

フェリは素早く靴《くつ》を履《は》き、ヴェールを羽織り、鞄をかけ、杖を摑んだ。その頭に、帽子かけにぶら下がっていたトローが静かに着地する。フェリは猫のように足音を殺して、そそくさと扉《とびら》から広い廊下《ろうか》に滑りでた。灰色狼の見事な絵の描かれたアーチ形の天井の下に立つと、バン・シーの泣き声が今までになく強く耳を打った。フェリは辺りを見回し、高窓の分厚く歪んだガラスの向こうに、長髪の女が張りついているのを見つけた。緑の服を着て灰色のマントを被った女は声をあげて泣いている。常に涙を流しているその目は、火のように紅い。この城に棲むバン・シーと見つめあい、フェリは呟いた。

「――――そう、悲しいのね」

バン・シーは応えない。泣き続ける彼女に礼をして、フェリは廊下を走りだした。彼女は深紅の厚い敷布を踏み、狼の彫り物のされた手摺《てすり》を伝って階段を駆け下りた。一階に辿り着くと行きも通った東の回廊へ歩を進める。太い柱の並ぶ回廊を風と共に駆けると、彼女は中庭へ飛びだした。ひんやりと冷たい敷石の上で、フェリは足を止める。

雲ひとつない空には、白い月が冴え冴えと光っていた。

分厚い石壁に囲まれた正方形の空間は、艶《つや》やかな植物達で溢れている。

四角い植《う》えこみは小さな迷路を造りあげ、複雑な影を地面に広げていた。壁際では不自然ではない程度に木々が枝を重ねあわせ、石壁の圧迫感を和《やわ》らげている。月光の下では、彼らは鮮《あざ》やかな緑を失い、落ち着いた灰色に染まっていた。だが、その中でも夜露《よつゆ》を浮かべた薔薇《ばら》達は鮮やかに紅い。中庭は狭く閉じられた空間だが、来訪者にまるで広い森の中にいるかのように錯覚《さっかく》させる造りをしていた。

武骨な城の中の『不自然なほど』の憩《いこ》いの場を見回し、フェリは小さく呟いた。

「多分、この辺りだと思うの……お願いね、トロー」

パサリと、トローは白いヴェールの上から飛びたった。彼は蝙蝠の超音波と試験管の小人《ホムンクルス》の感応能力を駆使《くし》して、『違和感を覚える場所』を探っていく。

トローは薔薇の茂みを越え、迷路をさまよい、絡みあう枝葉のアーチを潜った。やがて、彼は木々の後ろに隠された壁の手前で止まった。心臓の形をした葉を持つ蔦で、旧《ふる》く固い石壁は覆われてしまっている。トローは滞空《たいくう》したまま、フェリを振り向いた。彼女は頷き、胸元から銀の膏薬入れを取りだした。古竜の紋章の刻《きざ》まれた蓋《ふた》を徐《おもむろ》に開くと中から鮮やかな緑色の軟膏《なんこう》が現れる。フェリはそれを掬《すく》いとり、左瞼の上に薄く塗った。

瞼を開くと、その目に映る世界は一部変化していた。

「……ありがとう、トロー。ここだったのね」

石壁の一部が縦長に消失している。だが、右目で見ると、そこには相変わらず壁がそびえていた。幻術で造りだされた見せかけの壁が、秘密の入り口を隠しているのだ。

フェリはトローをヴェールの上に戻し、幻の壁をくぐった。その先には、数歩進めば新たな壁にぶつかるような狭い空間が広がっている。どうやら、中庭の石壁と別の建物の隙間に当たる場所らしい。四角く切り取られた夜空から剝《む》きだしの地面の上へ、月光が雨のように降り注いでいた。それは右手最奥にある古井戸も照らしている。

井戸に近づき、フェリは苔《こけ》むした縁《ふち》に手をついた。まず右目で井戸を覗《のぞ》くと、底の方に百年の時をたたえたような黒い水が揺れているのが見えた。だが、左目で確認すると、乾いた空間に長い螺旋《らせん》階段が伸びていることがわかる。

フェリは白いヴェールを揺らし、躊躇《ためら》いなく井戸の底へ足を伸ばした。カビ臭い冷気を吸いこみ、彼女は表情ひとつ変えることなく、足を滑らさないよう慎重に歩いていく。


カツーンッ、カツーンッ、カツーンッ、カッ

乾いた短い音と共に階段は終わった。石畳みの床の上に立ち、フェリは左右を見回した。左には机と椅子の置かれた小部屋があり、右には明るい地下道が伸びている。壁際

に篝火《かがりび》が焚《た》かれているが人の気配はなかった。

フェリは小部屋に何もないのを確かめると、歪《いびつ》に伸びた影を連れ、地下道を進んだ。徐々に、空気は嫌な重さと不快な匂いを帯びていく。

「…………血と腐肉の匂い」

匂いの正体を、フェリはあえて言葉にした。地下墓地のような空気の中を、彼女は軽く唇を嚙み締めて進む。やがて、彼女は棘《とげ》つきの鉄枠《てつわく》に縁どられた木製の扉に行き着いた。鉄の輪を摑み、フェリは勢いよく扉を引き開ける。室内の空気が動き、壁際で音を立てて炎が爆《は》ぜた。部屋の中心で、彼女以外の人影が揺れる。

天井から、青ざめた娘の死体が吊り下げられていた。

ギィギィと軋《きし》みをあげ、金髪《きんぱつ》を揺らしながら、年若い娘が逆さまに揺れている。

娘は足首に鉄枷《てつかせ》をはめられ、鎖で吊るされていた。枷の無残《むざん》に食いこんだ足首の肉は伸びきり、一部は腐敗して断裂《だんれつ》している。その全身はズタズタに裂かれ、変色した肌に乾いた血がこびりついていた。三日月状に裂かれた喉《のど》からは血管と骨が覗いている。

殺された娘は、身体から血を抜かれていた。

　フェリは詰めていた息を細く吐きだし、手を静かに動かした。彼女はヴェールからトローを降ろすと突然鞄の中に放りこんだ。トローが抗議の声をあげる間もなく、彼女は蓋をボタンで留めてしまう。同時に、その白い首筋にレイピアの細い刃が添《そ》えられた。

　フェリは動揺することなく、前を向いたまま囁いた。

「……お早い訪れですね。私がいなくなったことに気づきましたか？」

「恥ずかしい話だが、素直に言おう。あなたを追ってきたわけではなく、用があって偶然来ただけなんだよ。いや、それにしても驚いた。よく、ここがわかったものだ。まさかあの壁を潜り、階段を降りられる者がいるとは思わなかった」

　心から感心したように、レオナルド公は囁いた。異変を察して、鞄の中で暴れ始めたトローを押さえながら、フェリは淡々と応える。

「私の大事な子が教えてくれました。それに、人の幻術は私には効《き》きません。四つ葉のクローバーの軟膏を塗った目には、妖精のまじないだって破ることができます」

「なるほど、それであなたは私の秘密の部屋まで辿り着くことができたわけか。好奇心は人を殺すとはよく言ったものだね？　そういえば、旅の調査員が事故で死ぬのも、よくある話だとは思わないかな？」

「私を殺して、あなたはこれから先もこんなことを続けるの？」

突然フェリは敬語を止めた。その乾いた声に、レオナルド公は僅かに眉根を寄せる。

「随分と余裕だね？　こんなこと、とは？」

「あなたは身勝手な目的のために、娘を殺した」

蜂蜜色の瞳に死体を映しながら、フェリは力強く断言した。

その時、遠くから獣の咆哮《ほうこう》が聞こえてきた。通気口から侵入した声は、高く低く、地下の澱《よど》んだ空気を震《ふる》わせる。人も本能的な恐怖を覚える、肉食獣の遠吠《とおぼ》えだった。だが、森にはもう獣はいないはずだ。フェリが顔をあげると、その動きに合わせ、鋭い刃が更に深く押しつけられた。

「調査員殿、あなたは哀《あわ》れだ。実に哀れだ。せめて、ここを訪れることなく村の方へ向かっていれば、娘のひとりくらい救うことができたかもしれないと言うのにね」

「やっぱり、私が去るのを大人《おとな》しく待つことすらできなかったのね。あなたは今夜も娘を殺して、私を村に立ち寄らせることなく、何食わぬ顔で帰らせるつもりだった」

「そう、だが、余計《よけい》な物を見たあなたはここで何もなせずに死ぬのだ。ですが、もうしばらくは生かしておいてあげましょう。急《せ》いては、その血がもったいないですからな」

レオナルド公は、いたぶるようにレイピアをじりじりと進めた。ワインのように紅い血が、フェリの白い喉を鮮やかに伝い落ちる。だが、フェリは痛みを感じていないかのように、恐ろしいほどの苦悶《くもん》の表情を浮かべた死体へ悲しげな眼差しを向けた。

「傷口が一部塞《ふさ》がっている……この人は、長く生きていたよう」

「あぁ、やはりわかるものかな。毎晩毎晩狩っていては、無駄に量がいるとはいえ、領民も根絶《ねだ》やしになってしまうからね。上手《うま》く生かし続けて、節約することは大切だ」

「かわいそうに。とても苦しかったでしょうに」

「あなたもそうなるんだがね。怖くはないのかな？」

「怖いよりも、嫌」

フェリは急に手を動かした。警告するように、レオナルド公は刃を進める。血が重く量を増し、白い貫頭衣《かんとうい》に沁《し》みこむが、フェリは反応しなかった。彼女は飛びだそうと死に物狂いで暴れるトローを、鞄を撫でてなだめ続ける。

「私には弱くて小さな子と、強くて大きな子がいるもの。この子達には私が必要で、私にはこの子達が必要なの」

そう語る声には奇妙な穏やかさが満ち溢れていた。自然な仕草《しぐさ》で、フェリは後ろを振り向く。彼女が動くにつれて、押し当てられたままのレイピアの先端がその肌を裂いた。白い首筋に紅い傷が真横に走る。喉から更に血を流しながら、フェリはレオナルド公を真正面から見すえた。気圧《けお》され、思わず一歩後ろに下がった彼に、凛《りん》とフェリは告げる。

「大事な家族を、置いて逝《い》きたくなどないわ」

レオナルド公は眩暈《めまい》を覚えたように額を押さえた。地下墓地のような空間で凄惨《せいさん》な死体を前にしてもなお、フェリの声には恐れがない。彼女の穏やかに語る余裕がどこからきているのか、彼にはわからなかった。そこで、ふとレオナルド公は辺りを見回した。

「強くて大きな子とは？　あなたは……その蝙蝠とふたりきりのようだが？」

「ええ、そうよ。クーシュナなら」

フェリは目を閉じた。彼女はまどろむような微笑みを浮かべ、自慢するように囁く。

「今、私のために動いてくれているもの」

＊　＊　＊

夜闇の中、娘は無人の葡萄畑を逃げていた。

朝の気配はすぐそこまで迫っている。黒さを忘れた空は濃紺《のうこん》に変わり始め、見張りも既に村の中ほどへと移動した時間帯だ。そうでなくとも、見回りの範囲から外れた畑に最初から人の姿などない。自分がひとりきりである事実に、心臓を握り潰されるような絶望を覚えながらも、娘は後ろから迫りくる死から必死に逃亡を続けていた。

夜露に濡れた葉に体を何度も掠《かす》められながら、娘は葡萄畑を走る。

その背中には、地面を重く揺らして、巨大な獣の牙が迫りつつあった。


十数分ほど前、家の中で娘は奇妙な音を聞いた。ギーッギーッと壁を引っ掻くような音を、娘は最初猫の仕業かと思ったが、それは徐々に激しくなり、家全体を震わせるようになった。怯《おび》えた彼女は外に逃げ、待ち構えていた巨大な獣と出会ってしまったのだ。娘は人のいる方角へ逃げようとしたが獣に追われ、方向転換する余裕もなく死に物狂いで柵を越えた。無人の葡萄畑に入り、彼女はやっと自分のした取り返しのつかない過《あやま》ちを悟《さと》った。村は既に遠く、叫んだところで声は誰にも届かない。

以来、娘はずっと逃げ続けていたが、そろそろ限界が近かった。彼女は疲労で軋んでいる足を必死に動かす。だが、地面の僅かなくぼみにつまずき、ついに転んでしまった。

娘に襲いかかろうと、獣は高く跳躍する。その瞬間だった。


「――――よう、小童《こわっぱ》」

獣の悲鳴を聞き、娘は振り向いた。涙と鼻水を思わず引っこませ、彼女は信じられない光景をまじまじと見あげた。百頭の蛇のような黒い蔦に、獣は絞めあげられている。獣は狂ったように身をよじるが、暴れれば暴れるほど、蔦は強くその体に食いこんだ。逃げることも忘れて、娘は呆然《ぼうぜん》と口を開いた。その前に、するりと黒い影が立った。

山高帽《やまたかぼう》を被り、分厚い黒布で顔を隠した人物は、ひょいっと帽子の端を傾けた。

「何をしておる、小娘。お前はそのまま逃げるがいい。あぁ、そうだな。お前を救ったのはとっときの美形だったと、村人達に話してもよいぞ。まぁ、我は我の花以外の賛辞《さんじ》はどうでもよいし、人の美醜の感覚で、我を正しく計れるとも思わぬがな。だが、愉快《ゆかい》な言い伝えのひとつやふたつ、残れば面白いと言うものだ。ハッハッハッ」

男は陰鬱《いんうつ》な声で朗《ほが》らかに笑い、長い指を指揮者のように振った。その動きに従って、黒い蔦は踊るように獣の全身を絞めあげていく。不意に、娘の胸を獣に感じていたものとはまた別の冷ややかな恐怖が満たした。巨大な獣を弄《もてあそ》べる男が急に怖《こわ》くなり、彼女は弾《はじ》かれたように立ちあがると一心不乱に村へ駆けだした。それを見送り、男は頷いた。

「……………やれやれ、ようやく行ったか。おっと、動くなよ。我が花から、殺すなと命令されておるのでな。物凄く冷静かつ的確に絞めあげておる故、命に別状はないはずだが、うっかりということもあるのでなぁ」

パチンと指を鳴らし、男は顔の前の黒布を消した。彼は続けて帽子を宙に投げ、指を鳴らして爆散させた。降り注ぐ黒い滴《しずく》を影で受け止め、彼は兎の耳をぴこぴこと振った。

クーシュナは踊るような足取りで獣に近づく。見開かれた灰色の目を覗き、彼は呟いた。

「――――なるほど、コイツが」

＊　＊　＊

「――――ライカンスロープ。ワーウルフとも言う」

フェリは見開かれたレオナルド公の目を覗き、そう断言した。

それこそが――狼にしては明らかに体格が大きく、時に二本の足で立ち、人の行動を読みつつも鳴き声や習性は狼とほぼ同じな――獣の正体だった。

「幻獣種の中でも、分類の難しい種――――人狼《じんろう》」

人狼は幻獣書には記《しる》されていない。呪《のろ》いで狼に変えられたわけではなく、生まれながらに狼に変貌《へんぼう》可能な人間は数件確認されているが、その存在――人狼を――人と幻獣のどちらに定めるかは、幻獣調査官の間でも意見がわかれ続けていた。人の理性と獣の本能、両方の体を併《あわ》せ持つ存在は、第三者の判断で定義づけることが難しい。

幻獣か人間かは、容易《ようい》に決められることではなかった。

昨日の昼の光景を思い描きながら、フェリは静かに言葉を続ける。


「あなたの子息――レナード殿は、人狼なのでしょう？」

「そこまでわかるとは流石は幻獣調査員か。一応、今後の参考にするためにも聞いておこう。いつからそう思ったんだね？」

「昼間に森で会った際、レナード殿は革手袋をしていた。あれは人狼の特徴である、鉤《かぎ》状《じょう》に伸びた爪や掌の毛を隠すため。手袋越しでも、私の掌には彼の鋭《するど》い爪が食いこんだ。それに、長い髪が乱れたとき、彼はまず慌てて耳を隠したの。尖《とが》った耳も人狼の特徴。昼間、彼は『獣狩り』の陣頭指揮をとって見回りの範囲を定め、夜は城に帰った振りをしてその裏を掻き、村を襲っていた……そう考えれば、何故、村人の努力が実を結ばなかったのかもわかるわ」

「ほうっ、そこまでわかっているのなら、あなたにも理解できるだろう、調査員殿？これは仕方がないことなのですよ」

急に猫撫で声をだし、レオナルド公はレイピアの切っ先をフェリから外すと、数歩前に出た。彼は左腕で、娘の無残な死骸を押す。血抜きを終えられた死体は、まるで肉屋の店先に吊るされた肉塊《にくかい》のように、ギシギシと重く揺れた。

「かつて、私が森で見つけて保護したレナードは、成長に伴《ともな》い人の血を求めるようになった。息子を殺すことなく生かしておくには、娘を狩るしかなかったんだよ……あの子が持ち帰った獲物を私が管理し、なるべく長く生かすことで必要以上の犠牲をなくし、息子の正気を保《たも》つ……全てはレナードのためなんだ」

彼は悲しげな顔をして一際《ひときわ》強く死体を押した。ギッと音をたてて娘は揺れ、元に戻る。

レオナルド公は死んだ娘の肌から掌を放し、そっとそれをフェリの喉に押し当てた。温かな血の伝う白い喉をあやすように撫で、彼は微笑みを浮かべる。優しい指先の感触を確かめようとするかのように、フェリは瞼を閉じた。レオナルド公は温かい声で囁く。

「わかってくれるね、父親の気持ちを。それで、だ。もしも、今後幻獣調査官の調査が入った際、あなたが幻獣調査員としての権限を活《い》かし、私に協力してくれると言うなら、この地下室に閉じこめさせてはもらうが特別に生かしておいても」

「そうやって――――彼のことも騙《だま》したの？」

室内に再び重い沈黙が落ちた。

レオナルド公は微笑みを口元に張りつけたまま、フェリの喉に手を当て続けている。

フェリは静かに瞼を開き、問いかけるような眼差しを、横目で彼に投げかけた。

「人狼《ライカンスロープ》は獣の本質から血を求める。けれども、生きていくためには必ずしも人の血が必要なわけじゃないわ。鳥や獣でも十分。それに今まで人の血を求めていなかった子が、急にこれだけの狩りを行うようになるのはおかしい」

レオナルド公は無言のまま、指先に僅かな力をこめた。それを無視して、フェリはこの村に来てから、幻獣調査員の視点で気づいた妖精の異変についての言及《げんきゆう》を始めた。

「数か月前から娘達は姿を消すようになった――バン・シー達もちょうどそのころから泣き始めている。森に棲む妖精達も『顔のない人形』を埋葬し続けているの。彼らは予言の相手が死ねば終わるはずの行動を繰り返している。つまり、死の運命を捻《ね》じ曲《ま》げて、生き続けている人間がいるはず……触《ふ》れられてようやく確信ができたわ。ねぇ」

突然、白い手を伸ばし、フェリはレオナルド公の手首を強く摑んだ。びくりと彼の腕が震えても、彼女は何かを確かめようとするかのように掌に力をこめ続ける。

振り払われる前に、フェリは手を放し、豪奢《ごうしや》な上着に包まれたレオナルド公の胸に、そっと細い指先を押し当てた。

その胸には鼓動《こどう》がない。

「あなたの心臓はどこにあるの？」

「私に触れるなっ！」

鋭く叫び、レオナルド公はフェリから離れた。彼は動揺のあまりレイピアを取り落としかける。剣先を慌てて彼女に向け直しながら、彼はひりつく喉を震わせた。

「なんなのだ……お前は。一体どこまで知っているんだっ！」

「私はただの幻獣調査員。皆があなたの死を悼《いた》んでいるのに、あなたが生きていることが不思議なだけ……そう、あなたには心臓がないのね。ひとつ思い当たることがあるの」

フェリは淡々と続けた。静かな口調に似合わない幼い顔立ちの中では、篝火に照らされた蜂蜜色の瞳が光っている。それをレオナルド公は奈落《ならく》を覗くような目で見つめた。

「試験管の小人《ホムンクルス》の製作技術……主に肉体の培養《ばいよう》に関することを学んだ際、ある外法《げほう》を目にしたことがあるわ。自分の心臓を取りだして、人の血で満たしたフラスコの中に入れ、別の生き物のように育てるの……そうすれば心臓が動いている間は、その持ち主は本来の寿命が来ても死なない」

「止めろ、止めろ、止めろ、止めろっ。うるさい、黙れ。それ以上、私を暴くなっ！」

「この部屋の入り口には、錯覚の幻術がかけられていた。あなたは人の感覚を狂わすことに長《た》けている。あなたはきっと自分の息子に呪いを――人の血を取らなければ死ぬという『錯覚』の呪いをかけた。そうでなければ、人狼がこれほどに血に飢《う》え、人だけを狙《ねら》って狩りを行う理由なんてない」

フェリは一歩前に出た。相手はただの少女だというのに、レオナルド公は怪物に対峙《たいじ》しているかのように後ろに下がる。フェリは前に進みながら、張りのある声を響かせた。

「あなたは息子には僅かな血を与え、残りの血で毎夜、フラスコの中の心臓の渇《かわ》きを止めていたのでしょう？　血がなくなればあなたは死ぬ。だからあなたは、定期的に狩りを行わざるをえなかった。そのために、人狼である彼を利用した」

「黙れと言っているのがわからないのかっ！」

「死は、そんなに怖いもの？」

「黙れ、小娘！」

「自分のいい子を、人を、獣を、傷つけて、殺してでも避《さ》けなくてはならないもの？」

「黙れ！」

「私なら」

花嫁にも似た白いヴェールが揺れた。フェリはレオナルド公のレイピアの切っ先の直前で足を止める。もしも、彼が一歩前に出れば喉を刺し貫かれる位置で、フェリは今までない怒りを蜂蜜色の瞳に浮かべた。彼女は悲しみと非難を強くこめて、断言する。

「そうまでして、生きる私はいらないわ」

その言葉は強かった。彼女の声には子供を守る雌《めす》の獣にも似た、自身の本質に根づいた力強さが溢れている。気圧されたように、レオナルド公はレイピアを進めることを忘れ、数歩後ろに下がった。壁に肩をぶつけたところで彼はハッと我に返った。手の中の武器をやっと思いだしたのか、彼は怒りに満ちた形相《ぎょうそう》でフェリにレイピアを向け直した。

「うるさいっ。うるさいっ、うるさいうるさいっ、黙れ、小娘がっ！　それがわかったから、なんだと言うのだっ！　お前はここで死ぬ運命なのだ。あぁ、今すぐその首を掻き切ってくれるっ！　そして、その血を我が糧《かて》としてくれるわっ！」

「残念だけれど、それは無理ね」

「なんだと」

白いヴェールをさらりと揺らし、フェリは空を見上げるかのように、暗い天井を仰いだ。その口元に誇らしげな微笑みが浮かぶ。彼女は緩やかに目を閉じ、甘く囁いた。

「――――だって、あの子は私のことが大好きだから」

次の瞬間、その足元で闇が爆発した。

実体を持つ、幅広い布に似た黒色の風が、フェリの白い姿を中心に、花開くように広がった。それに弾き飛ばされ、レオナルド公は壁に叩《たた》きつけられる。何度も風に殴《なぐ》られ、彼は全身の骨を軋ませた。だが、猛烈な嵐の中でも、フェリのヴェールはなびいてすらいない。子を守る狼のように、黒色は彼女の周囲をぐるぐると獰猛に回っている。

不意に、黒い風の合間から、二本の細い腕が伸びた。案山子にも似た腕は、そっと背後からフェリの小さな背中をヴェールごと抱きしめた。

瞬間、嘘《うそ》のように嵐は鎮まった。静まり返った部屋の中には、兎の頭を持つ異形《いぎょう》が立っている。彼はそっとフェリに顔を寄せた。その頭をいい子、いい子とフェリは撫でる。

「お帰り、クーシュナ」

「あぁ、ただいま戻ったぞ、我が花よ」

クーシュナは黒く細い指で、ついっとフェリの首筋の傷を撫でた。血が僅かに指先を濡らした瞬間、彼は兎の目をぎょろりと歪に見開いた。彼はそれを異様な動きでレオナルド公に向ける。レオナルド公はひっと息を飲み、腰を抜かしながらも己を鼓舞《こぶ》するように叫んだ。

「なっ、なっ、なんだ、なんだぁっ、その目はっ！　いっ、いいか、どっ、どうせ、お前達に私を殺せはしない。私の心臓の場所は誰にも」

「────父さん」

押し殺したような声を聞いた途端、レオナルド公は表情を凍《こお》らせた。彼は壊れかけた人形のような動きで入り口を振り向く。そこには、巨大な獣がいた。手足だけは人間の形に近い、黒く艶やかな獣が二本の足で立っている。彼は手にした丸底フラスコを高々と掲げた。その中では、瓶《びん》の中に入れられた船のように、フラスコの入り口よりも遥かに大きい心臓が、残り僅かな血の中で身悶《みもだ》えるように脈動している。

「………貴様ァ………レナードぉ」

「父さん、彼から全てを聞きました。父さんが僕を騙していたこと、僕は人の血をとらなくても死なないこと。父さんは僕のために、人を殺す道を選んだわけではなく、ただ………ただ、僕を利用していたんだと」

「黙れ、黙れ、黙れっ！　お前も自分が生き伸びるために、人を殺すことに賛同しただろう？　それなのに、そうでないとわかった途端《とたん》に裏切るのか？　お前は父が死んでもいいというのか？　えっ、自分は死にたくないくせに、俺が死ぬのは構わないのか？　薄情な奴だなぁ、この恩知らずがっ！」

「父さん」

「長く貴様のような怪物を育ててやったのは、なんのためだと思っているっ！　どいつもこいつもいい加減にしろっ！　俺は、俺はぁっ」

レイピアを振り回し、レオナルド公は吠えた。その顔に以前は満ちていた貴族然とした余裕は欠片《かけら》もない。フェリを背中から抱きしめたままクーシュナはレナードに尋ねた。

「で、どうする小童？　今、その毒虫の心臓はお前の手の中にあるわけだが？」

レナードはフラスコに目を向けた。その手の震えにあわせ、中の心臓も躍るように揺れている。自分の心臓がガラスにぶつかる光景に、レオナルド公は目を剝いた。

酸欠《さんけつ》の魚のように口を開いては閉じる間抜けな顔を見て、レナードは歯を嚙み締め、腕を振りあげた。だが、その手からフラスコが離れることはなかった。どんなに腕を振っても、彼の指は頑なにフラスコを摑み続ける。諦めて、レナードは乱暴に腕を降ろした。その瞬間、レオナルド公はレイピアを捨て、前のめりに駆けだした。

「あっ」

彼はレナードの手からフラスコを奪《うば》い、一気に廊下を走り抜け、螺旋階段を駆けあがった。クーシュナは舌打ちし、追跡の影を伸ばしかけたが、ふと思い直したかのようにそれを止めた。彼は長い耳を左右に動かし、何かを悟ったかのように薄く笑った。

「城の背は山肌よな。逃げるのならば、まずは森を抜けるか……ならばよかろう」

「やめて、そんなことをしてはだめよっ！」

急に鋭い声をあげ、フェリはクーシュナの腕の中から抜けだした。彼女は顔を掻きむしっているレナードに駆け寄り、慌ててその腕を摑んだ。頰から鉤爪を引き抜かれても、彼は反応しない。レナードは頰から血を吹きだしながら、娘の死体を見つめていた。

全身を切り裂かれ、苦悶の表情を浮かべた娘を前に、彼は愕然《がくぜん》と声をあげる。

「まさか……こんな、こんな残酷な殺し方をしているなんて……そんな、噓だ」

「この部屋には来たことがなかったの？」

「さらってきた子を届けた後は、父さんに任せ……噓、噓だっ、いやでも……これは全部、僕が……僕は自分のために殺すと決めて、それがこんな、僕、は」

レナードはその場に膝を突《つ》いた。震える手で彼は獣の頭を覆う。鋭い鉤爪がその黒い毛皮の下の肉に食いこんだ。血を滲《にじ》ませ、涙を流しながら、彼は怯えるように尾を股《また》の間に挟み、大きな体を丸めた。彼は狂ったように後悔と恐怖の滲む呟きを繰り返した。

「ごめんなさい……ごめんなさい……ごめんなさい……ごめんなさい……喉が、乾いて……ごめんなさい……ごめんなさい……僕は……僕は、死にたく……死にたくなかったんです……死にたくなくて、ごめんなさい……ごめんなさい」

フェリはゆっくりと彼の背中を撫でた。だが、謝罪に応える声はどこにもない。

そのまま、レナードの泣き声は長く、長く、部屋に響き続けた。

＊　＊　＊

フラスコを大事に胸に抱え、レオナルド公は馬を駆っていた。

どっくんどっくんという心臓の力強い鼓動に勇気づけられながら、彼は村へ続く道を急ぐ。幻獣調査員が国へ報告を行うにはまだ時間がかかるはずだ。それまでに彼は別館で財をまとめ、行方をくらますつもりでいた。だが、今はそのためにも血が必要だった。

村で補給用の子供をさらってから旅に出ようと、彼は心に決めていた。本当は娘の血が好みなのだが、この際贅沢《ぜいたく》を言ってはいられない。生きるためには時に妥協《だきょう》も必要なことを、彼はちゃんと承知していた。

朝の近い森の中を風のように走りながら、彼は生き伸びるための決意を固める。

「死ぬものか……そうとも、誰が死ぬものか……私は生きるぞ。全てのクズ共を踏み台にして、永遠に生き続けるのだ」

レオナルド公は、ナメクジのように分厚い舌でぬらりと罅《ひび》割《わ》れた唇を舐《な》めた。彼は鞭《むち》を入れ、更に馬を急がせる。だが、朝の近い、薄青く染まった道の先を見て、彼は眉根を寄せ、慌てて馬の足を止めた。

　白い道に、狼の死体が落ちていた。

　頭を撃ち砕かれた狼は四肢《しし》を突っ張らせ、息絶えている。何故、昼の狩りの死骸がそのままになっているのか。領民の怠慢《たいまん》に舌打ちしながら、レオナルド公は器用に馬を操り、死体を乗り越えさせた。彼は再び馬を走らせるが、すぐに足を止めることとなった。

　白い道に、狼の死体が落ちていた。

　胸を撃たれた狼は舌を突きだし、苦悶の表情を浮かべている。ぞっとして、レオナルド公は顔をあげた。すると蛇行《だこう》する道の先に、目印のように点々と狼の死骸が落ちているのが見えた。異様な光景に、レオナルド公は息を飲んだ。次の瞬間、馬は狂ったように激しく暴れると彼を振り落とした。腰から道に落ち、レオナルド公は悲鳴をあげる。

「ぐあっ、おっ、おいっ！」

　ヒヒーンと怯えたいなきを残し、馬は風のように駆け去った。痛む腰を支え、レオナルド公は仕方なく歩き始めた。道に落ちる狼の死骸を恐る恐る越え、彼は背を丸め、びくびくと視線をさまよわせながら進んでいく。だが、彼は愕然として足を止めた。

白い道は、狼の死骸で埋めつくされていた。

まるで壁のように積み重なった死骸の下からは紅い血が染みだしている。じわじわと油のように重く広がる血潮がレオナルド公の爪先に届きかけた。彼は悲鳴をあげ、森の中へ駆けこんだ。恐怖のまま闇雲に走り回り、彼は広場に似た開けた空間に辿り着いた。

そこには、大きな穴が開いていた。

生きた灰色の狼達が穴の周りにずらりと腰かけている。獣の瞳が一斉にレオナルド公を貫《つらぬ》いた。彼はその場にへたりこんだが、獣達は興味がないと言うようにすぐに視線を逸らした。狼達はまるで何かを待つかのように尻尾《しっぽ》を揺らして行儀よく座り続けている。

不意に、彼らは耳をピンッと立て、穴の方へ顔を向けた。

釣られて、レオナルド公もそれを見てしまった。

大量の蝿が、おぞましい羽音と共に飛びたった。黒雲のように蝿は頭上を埋めつくす。露になった穴の底では、ところどころに毛の生えた肉色の塊が蠢《うごめ》いていた。不意にレオナルド公はその正体に気づいた。狼の死骸から溶けた腐肉が流れだし、毛皮の外にまで広がっているのだ。次の瞬間、死肉は膨れあがり、山のように高く持ちあがると破裂《はれつ》した。ぶくぶくと泡立ちながら、肉はある形を取り始める。その上に、灰色の毛皮が蛆《うじ》虫《むし》のように這いながら覆い被《かぶ》さった。やがて、巨大な狼の形が穴の底で完成した。

何頭もの死体が繋《つな》がりあった怪物が、レオナルド公に向けて吠え声をあげた。

ヴぉおおおっ！

生臭い獣の息と涎《よだれ》、強烈な腐臭と腐肉の欠片がレオナルド公の顔をどろどろに濡らした。地獄の炎を宿したような目が、彼を睨む。彼は恐怖のあまり何十歳も歳《とし》をとったような顔を震わせた。ゆっくりと狼の巨大な口が開いていく。その喉奥には、真っ白な狼の頭蓋骨《ずがいこつ》が何頭分もみっしりと隙間なく詰まり、ガチガチと楽しげに牙を鳴らしていた。

レオナルド公は、甲高《かんだか》い叫び声をあげた。だが、それはすぐに消えた。

遠い城にて、バン・シー達はやっと泣き止んだ。

妖精たちは棺桶の蓋を閉じ、レオナルド公の顔をした人形を静かに埋葬した。

＊　＊　＊

地下室から井戸を辿り、外に出ると、フェリ達は中庭まで歩いた。透明で清浄《せいじよう》な空気を吸いこみ、彼女はゆっくりと息を吐く。

その頭上には、青い空が広がっていた。荒涼とした丘の上に建つ城にも、朝の金の光が射しこんでいる。中庭の植物達は早朝の風に揺れ、爽《さわ》やかな音をたてて歌っていた。灰色に染まっていた木々も、彼らを歓迎するかのような緑色に輝いている。薔薇も夜よりも更に紅く豪奢に咲き誇り、宝石のような朝露を輝かせていた。

「……よかった、生きて帰って来られて」

フェリはそう胸を撫で下ろし、鞄の蓋を開けた。途端、中から矢のようにトローが飛びだしてきた。彼は一度高みに舞いあがり、急降下すると、べしべしと翼でフェリの顔を叩いた。クーシュナも今度ばかりは止めようとはしない。

フェリは微笑みながら、それを受けとめた。やがて、トローは無言のままべしゃりと彼女の顔に張りついた。落ちそうになりながらも、彼は必死に彼女にしがみついてくる。

その背中を支えてやりながら、フェリは心の底から囁いた。

「ごめんね、トロー」

「…………！　…………！」

いい子、いい子とフェリはその頭を撫でた。べそべそと泣きながら、トローはぎゅっとフェリにしがみついた。だが、彼は再び矢のような速度で、急に鞄の中に引っこんだ。

すねてしまった彼にもう一度ごめんねと呟き、フェリは後ろを振り返った。

そこには獣の姿のままのレナードがいた。一度獣化すると戻るのには時間がかかるという。彼は運んできた娘の死体を柔らかな芝生《しばふ》の上へ降ろし、その隣に立ちつくしていた。フェリは一度目を閉じた。だが、彼女は覚悟を決め、レナードに話しかけた。

「私は幻獣調査員です。私には人に捕らえられ、無理に使役《しえき》されていた幻獣を保護する義務があります。あなたには幻獣――人狼――として保護を求める権利がありますが。いかがいたしますか？　あなたの意志を聞かせてください」

レナードは呆然と顔をあげた。彼に向けて、フェリは辛い問いを投げかける。


「あなたが人か、幻獣かを」


レナードは息を飲んだ。彼は再び娘の死体を見つめる。領民の虐殺《ぎゃくさつ》は重罪であることを、領主の息子である彼は把握《はあく》しているはずだった。捕まれば死罪、よくて終身刑だ。だが、自分は人狼だと主張すれば、少なくとも命だけは保証された。

レナードは強く拳を握りしめた。だが、彼は緩やかに首を横に振った。

「僕は……僕は人として、自分のやったことの償《つぐな》いをしたいと思います」

「血を求めるのは、人狼として逃れえない性質です。そのうえ、あなたは父親に暗示をかけられ、耐えがたい飢えと渇き、死の恐怖の中で生きるためにもがいていた……私は幻獣調査員として、あなたは十分保護対象にあたると判断していますが」

「騙され、利用されていたのだとしても、僕は自分を信じてくれる領民達を自分の意志で欺《あざむ》き続けてきました。それだけじゃない。僕は自分が生きるために知恵を回して、狩りを行ってきた……そんな卑劣《ひれつ》で残虐なことをするのは、人間だけでしょう？」

　レナードはまっすぐにフェリを見つめた。彼女は何も言わない。後悔はないのかと問うような静かな蜂蜜色の瞳を見て、レナードは一瞬激しく顔を歪めた。だが、一度目を閉じて、開いた時、その顔には確かな決意の色が浮かべられていた。

　獣の頭に、人の表情を浮かべながら、レナードは応える。

「僕は人間です。獣達から追いだされ、人里にも近寄れなかった僕を拾い……それがどんな目的のためであろうと育ててくれたレオナルド公の息子だ。そう、僕は暗示をかけられ、死の恐怖と飢えに晒《さら》されていなかったとしても……もしも、彼が死にたくないから力を貸してくれと僕を頼っていたのなら……彼のために狩りを行っていたかもしれません」

「あなたは、それほどまでに」

「人を殺したのは、彼の罪であり、僕の罪です。あなたの保護を受けるわけにはいきません。僕は人間として、彼の息子として罪を背負います」

　その断言を聞き、フェリはぎゅっと目を閉じた。彼女は細く息を吐く。

　人狼は幻獣書には記されていなかった。人狼を人と幻獣のどちらに定めるかは、幻獣調査官の間でも意見がわかれ続けている。人の理性と獣の本能、両方の体を併せ持つ存在は、第三者の判断で定義づけることが難しい。そして、彼は自分自身を人と定めた。

彼がそう望んだのだ。人として罪をあがなうと、自らの行うべきことを決めた。

最早、幻獣調査員として、フェリにできることは何もなかった。ただ、彼女は最後に、自分自身が疑問に思っていたことを、ひとりの人に対して投げかけた。

「わかりました。私はあなたの選択を尊重します。国への出頭の際は、幻獣調査員としての意見書を手に同伴《どうはん》しましょう……ですが、ひとつだけ聞いてもいいですか？」

「なんでしょうか？」

「何故、あなたは私に逃げろと言ったの？」

フェリにはそれがずっと不思議だった。あの時のレナードの言葉には、切実とすらいえる響きがあった。あれほど怪しいことをすれば、疑いの目を向けられるというのに、何故、彼は必死になって彼女を逃がそうとしたのか。

レナードは泣きそうに顔を歪めた。彼は一瞬迷った後、手を伸ばした。人の指先がフェリの頰に恐る恐る触れる。彼女は武骨な手を拒まなかった。まるで、その感触を覚えておこうとするかのように、彼はまだ獣のままの掌全体で白い頰を包みこんだ。

「僕は……僕は幻獣調査員が来たと聞いて、あなたの後をつけたんです。どんな人間なのか、始末をする必要のある人物なのか、確かめるつもりでした」

「ええ、あなたがあそこに現れた理由は、そうなのだろうと思っていました。だからこそ、私にはあなたの言葉が不思議だったのです」

「そこで、子狼のために跪《ひざまず》いて祈るあなたを見て、僕は……僕は」

灰色の目に涙が滲んだ。狼に似た毛皮に、零れ落ちた滴は音もなく吸いこまれていく。泣きながら、彼は眩《まぶ》しく、どこか懐《なつ》かしいものを見るように、フェリのことを見つめた。

「僕に母がいたのなら、きっとあなたのような人だったのだろうと、そう」


その胸を、農業用のフォークが刺し貫いた。


フェリの顔に、熱い血飛沫が飛んだ。彼女は言葉もなく、目を見開く。レナードも呆然と自分の胸を貫いているフォークを眺めた。数秒後、彼はぐらりと前に傾ぎ、その場に崩れ落ちた。二撃目に飛んできた鎌《かま》を、クーシュナが弾き飛ばす。

フェリは慌てて顔をあげた。見れば、中庭の入り口付近に、農民が数人集まっていた。ひとりが怯えた顔で、背後に向けて大声をあげる。

「ここだっ！　獣だ、獣がここにいるぞっ！　銃を持っている奴、早く来い！」

「領主様は？　馬だけ村に走って来たんだ。きっと逃げようとなされたはずだ」

「わからんっ、レナード様もいねぇ。きっとコイツに食われちまったんだっ！」

「あれは調査員様？　あぶねぇだ、調査員様、早くソイツから離れてっ！」

彼らの後ろから、更に足音が聞こえてきた。どうやら異変を察した多くの村人が城を訪れているらしい。中には事情を知らない城の従者も混じっているようだ。フェリは慌てて立ちあがり、彼らに事実を訴えようとした。だが、その足首を急に獣の手が摑んだ。

「い、いんです。人として、裁きをうけられない……のなら、このまま、僕が」

顔を強張らせ、フェリは下を向いた。倒れたレナードは必死に目をあげ、フェリに視線で自分の意志を伝えようとしている。一度、領民達に唸り声をあげ牽制《けんせい》すると、彼は血を吐きながら必死に言葉を続けた。

「僕、が……幻獣が、ぜんぶ殺した、ことに……すれば」

「なにをっ、あなたは、あなたは自身を人だと。彼の息子だと。彼と共に罪を負うと」

「領主が、殺したと、わかれば……次の領主に反発も、だから……これで、いいんです……獣として死ぬなら……そうした方が、みんなの……ため、つぐないに」

フェリは激しく首を横に振った。だが、レナードは縋《すが》るように手に力をこめた。鉤爪がフェリの肌に食いこむ。全身で彼女に望みを訴えながら、徐々に彼の目は虚《うつ》ろになっていった。それでも、レナードは自分にも言い聞かせるかのように必死に言葉を続ける。

「ぼくは夜な夜なおおかみに、なってひとを……さらって……たべて……そう、ぼくはかいぶつだから……ぼくが、ぜんぶ……あぁ、…………………ねぇ」

彼は涙に濡れた目を宙に向けた。震えながら、彼はその言葉を吐きだす。

「こわいよ、とうさん」

その手から、ふっと力が抜けた。

フェリはもう動かない彼を呆然と見つめた。やがて、糸が切れたかのように、彼女はドサリと彼の隣に膝を突いた。獣が動かなくなったのを見て、領民達は駆け寄ってくる。獣の死骸を前に、彼らは歓声をあげた。その中で、フェリはゆっくりと震える手をあげた。蜂蜜色の瞳から止めどもなく涙を流しながら、彼女はレナードの瞼を閉じてやる。その頭をいい子、いい子と労わるように撫で、彼女は自身の手を組みあわせた。

そして、フェリは目を閉じて、彼のために祈り始めた。

＊　＊　＊

領主レオナルドとその息子レナードは、城下に埋められていた娘達の骨から恐ろしい獣の住み処《すみか》をついにつきとめ、城に追いつめたが力及ばず食われてしまった。獣は農民達の手で仕留《しと》められた。だが、領主とその息子の勇気を人々は忘れることはないだろう。

そして、彼らふたりの勇気を語り継ぐための御伽噺《おとぎばなし》が、村には生まれた。

領主とその息子の葬儀は、駆けつけた領主の兄弟の手により、盛大に執り行われた。新しい領主となる彼は、その儀式を通じて、領民達に温かく迎えいれられた。娘達を失った悲しみは根深いが、新しい主の下、村はすぐに落ち着きを取り戻すことだろう。恐ろしい獣は、呪いを避けるために狼の穴の近くに埋葬された。一応墓石も設《もう》けられたが、その墓には今後一切、誰も祈りを捧げることはないだろう。獣の墓は呪われた場所とされ、接近禁止の決まりを破った遺族達からあらゆる罵詈雑言《ばりぞうごん》を投げかけられ、時には汚物も投げ込まれるはずだった。だが、今、そこには誰もいない。

今日は、新しい領主を改めて歓迎するための祭りが開かれる日だ。

造られたばかりの獣の墓の前に立ち、フェリは城へ向かう人々の歓声を聞いていた。

新しい領主の計らいで、今日は暗い城の扉も開け放たれているという。その中ではごちそうが振舞《ふるま》われ、様々な催《もよお》しが行われるはずだった。前領主とその息子を称《たた》える宴《うたげ》も開かれることだろう。明るい声を投げかけあいながら道を行く人々を、フェリは木々の間からそっと眺めた。その背中に向けて、クーシュナは囁く。

「勇敢な領主親子と呪われた獣の話は、長く長く続くことであろうよ……よいのか？」

「いいの。これが彼の望みだったから」

そうフェリは呟いた。彼女は胸に抱いている比較的傷《いた》みの少ない本のページを開く。

そこにはある文章が追加されていた――ある村であった獣害と疑《うたが》われた事例とその真実について――他人に広く知らせるために書かれた幻獣の項目とは違い、その箇所《かしょ》には封印が施《ほどこ》してあるが、全ての詳細が記してある。文字をなぞり、フェリは囁いた。

「真実はこの本の中にある。私もずっと覚えておくから」

フェリは本を閉じ、地面の上に置いた。クーシュナの影がそれを飲みこむ。

彼女が歩きだすと鞄から滑りでてきたトローがその頭の上に乗った。まるで慰《なぐさ》めるように小さく鳴くトローに、フェリは指を伸ばす。彼の顎をくすぐりながら、彼女は歩いた。その隣に寄り添うようにクーシュナの影が並ぶ。やがて、フェリはぽつりと呟いた。

「私はあなたたちのことを、絶対に、絶対に大事にするからね」

「何を言うか。逆であろう。お前を大事にするのは我らの方よ。そう、我も、この小僧っ子もな、って、いてて、自分で言いたかったのはわかったから、つつくな。いいであろうが、我が言おうがお前が言おうがそうは変わらぬぞ、って……いてて っ」

トローは羽ばたき、クーシュナは怒り、フェリはそんなふたりのじゃれあいを見て笑う。彼らは変わらぬ旅を続ける。だが、フェリの艶やかな髪の上に白いヴェールはない。

森に埋められた、獣の呪われた墓。

その上には、まるで花嫁のものにも似た白いヴェールが、静かにかけられていた。

闇の王様のお話 8

「よし、喜ぶがいい、お前と共に行ってやろう」

王様が胸を張って尊大《そんだい》に告《つ》げると、少女は特に驚いた様子もなく頷《うなず》きました。

王様は少しがっかりしました。誰《だれ》よりも強い自分が、何もかもを滅《ほろ》ぼせる自分が、ここから出る必要などない王様がわざわざ玉座から腰をあげるというのに、少女は動じすらしないのです。けれども、がっかりする王様に少女は言いました。

「本当に嬉《うれ》しいわ。ありがとう」

少女はふんわりと微笑《ほほえ》んだので、王様はなんだかそれでいいかなと思いました。

そして、王様は少女と共に旅に出ました。

ふたりは幻獣について調べ、得た知識を本に記《しる》すため、あまり旅人の立ち寄らない場所も選んで渡り歩いていきました。そして、ふたりの旅には途中で仲間が加わりました。少女の作った蝙蝠《こうもり》です。王様は彼に自分の魔力をわけ与えて、空を自由に飛べるようにしてやりました。小うるさいけれどもなかなか愉快《ゆかい》な相棒《あいぼう》を、王様も気に入りました。

そして、ひとりと二匹は長く各地を回って。

遠い、遠い、砂の地に辿《たど》り着《つ》きました。

第0話　旧き竜の狂気

トローには怖《こわ》いことなんて何もなかった。

トローは本来かっこいい男である。不満なことはたくさんあっても、彼は何かを恐れたりはしなかった。そうとも勇者トローは勇敢《ゆうかん》だ。いつも、彼は誰《だれ》より勇猛《ゆうもう》に空を行く。

本当に、彼には怖いことなど何ひとつとしてなかったのだ。

その日までは。

＊　　＊　　＊

その緊急連絡の相手は、別の幻獣調査員の試験管の小人《ホムンクルス》だった。

無理やりかつ乱暴に接続された通話は、雑音だらけですぐに途絶《とだ》えた。しかも、ブツリと切れる直前、それはガラスを叩《たた》き割《わ》るような衝撃をトローに伝えてきた——フラスコの割れる音——それは文字通り、相手の試験管の小人《ホムンクルス》の死を告《つ》げる音だった。

神経に直接ぶちまけられた死の気配に、トローは全身を氷漬けにされるような悪寒《おかん》を覚えた。それでも、彼は相手が必死に伝えてきた最後の言葉を主《あるじ》に告げた。すると、宿屋の椅子《いす》に座っていた主は目を見開き、白い頬《ほお》を強張《こわば》らせて立ちあがった。

それは、まるで満月にサッと影が射《さ》したかのような変化だった。

『旧《ふる》き竜が目覚めた』

「…………まさか」

その言葉の意味は、トローにはわからなかった。けれども、彼女がそんな低い声をだすのは、世界に、幻獣達に異常が見られた時だけだ。彼女は今までにないほど険《けわ》しい顔をして、唇《くちびる》を噛《か》みしめた。しばらく考えた後、彼女はトローに低い声のまま告げた。

「トロー、最大出力。飛ばせるだけ、今の連絡を飛ばして」

彼女の指示通りに、トローは声を全方位に投げられるだけ投げた。周囲の全ての試験管の小人がそれを受け取り、更《さら》に次の試験管の小人に伝えた。恐らく国内の幻獣に関わる者全て、無関係な魔術師や錬金術師までもが、その声を聴いたことだろう。けれども、誰からも返事はこなかった。やがて国属の幻獣調査官のひとりから指示が届いた。

『明朝、王都に調査官が集合のうえ、調査を行う。調査員は全員その場で待機《たいき》』

「────遅すぎる。絶対に間に合わないっ！　どうしてっ！」

「旧き者達は竜種の中でも長《おさ》である古竜に近い。その情報は秘匿《ひとく》とされているからな。恐らく情報を共有しても問題なく、なおかつ対応に当たれるだけの実力のある人物を選《せん》抜《ばっ》し、対策部隊を組むつもりなのだろうが……果《は》たして、そんな人材が何人いるか」

「そんな、旧き竜が地脈から這《は》いだしたら、地は毒で荒れ地に変えられ、たくさんの生き物が死に、生態系から狂ってしまうっ！　修復に百年はかかるわっ！　それだけじゃない。多くの人や獣《けもの》が死んでしまうのに。どうして、そんなこともわからないのっ！」

「本気で、奴《やつ》らには事態の重さがわかっておらぬのであろうよ。調査官のほとんどは担当地区の幻獣の知識こそ身につけておるものの、それ以外はよく知らぬ井の中の蛙《かわず》ばかりだと聞く……特に担当地区もたぬ上層部は頭でっかちの賢者出揃《ぞろ》いであろうよ」

「だから……だから、私は幻獣書をまとめて……それなのに、こんなことって」

トローの主は、ぎゅっと拳《こぶし》を握《にぎ》りしめた。彼女は蜂蜜色《はちみついろ》の瞳《ひとみ》を伏《ふ》せ、じっと何かを考えこんだ。その震《ふる》える背中に、兎耳《うさぎみみ》は声をかけた。

「どうする？　本来ならば、勇者の出現を待ってもよいような事態だが」

「………それでも行かなくちゃ。このままだと、すぐにでも多くの幻獣と人が死ぬ。それに、連絡をくれた調査員がまだ生きているかもしれない」

主は震える手を伸ばし、トローの背中を撫《な》でた。その白い掌《てのひら》に、トローは精一杯慰《なぐさ》めるように全身を擦《す》りつけた。彼女は少しだけ微笑《ほほえ》むとそっと手を放し、拳を握りしめた。白いヴェールを揺《ゆ》らし、彼女は激しく後ろを振り向いた。兎耳は何も言わない。彼はその言葉を促《うなが》しも制止もしなかった。紅《あか》い目を正面から見つめて、トローの主は言った。

「お願い、一緒に来て」

「――――お前の望み通りに」

そして、彼らは遠い、遠い、砂の地に向かった。

＊　＊　＊

トロー達の目の前では、砂の海が雄大な陰影《いんえい》を描きながら、白く凍《こお》りついている。

砂漠の夜は寒い。昼に灼熱《しゃくねつ》の大地を作りあげていた暑さは、雲のない夜空に吸いこまれ、消えてしまうからだ。沁《し》みこむような寒さの中、砂は月光を反射してぼんやりと光り、影部分の夜色を際立たせている。幾重《いくえ》にも波を連《つら》ねた砂の海が視界いっぱいに広がる様は、まるで世界の終わりのようだ。だが、何もかもが死に絶《た》えたようなこんな場所にも生態系は確立していた。砂漠を生きることに特化した生き物達や、砂や熱、風にまつわる幻獣がたくましく生きている。だが、今それらは何かを恐れるかのように隠《かく》れていた。

その原因に視線を投げかけ、トローの主は目を細めた。

「もう割れているのね……そろそろ出てきてしまいそう」

砂の大地には、三日月形の砂丘をいくつも崩《くず》しておかしな亀裂《きれつ》が生まれていた。その亀裂は蟻地獄《ありじごく》のように周囲の砂を吸いこんでは、熱で溶《と》かしている。ドロドロに溶けた砂は、裂《さ》け目《め》の縁《ふち》でガラス状に固まっていた。紅く盛《も》りあがった半透明の亀裂は、広大な大地に刻《きざ》まれた醜《みにく》い傷痕《きずあと》のようだ。あるいは、血混じりの中身が溢《あふ》れだす寸前《すんぜん》の卵の罅《ひび》にも似ている。

その中からはきっと恐ろしく不吉な生き物が生まれてしまうに違いないと、トローは思った。

主はぎゅっと杖《つえ》を握りしめた。その緊張した面持ちを見あげ、トローは小さく鳴いた。

彼に蜂蜜色の瞳を向け、彼女は小さく微笑んだ。その表情の変化を見て、トローはやはりついて来てよかったと思った。彼には力がなく、役立てることもほとんどない。

それでも、何かできることはきっとあるはずだった。

いや、何もできなくとも、トローは常に主の傍《そば》にいたいのだ。

本当は、主は危険だからと彼をひとり残すつもりでいたのだ。だが、トローは鳴いて嫌がり、鞄《かばん》に隠れ、ヴェールにべしゃりと張りつき、ついには連れて行ってもらえるまで水をたたえたバケツに飛びこみ続けるという強硬《きょうこう》手段に出た。主はバケツの水を捨て、頑《かたく》なに彼を置いて行こうとしたが、意外にも最後には兎耳が口添《くちぞ》えをしてくれた。

『つれて行ってやれ。我でもそうする。そいつひとり生き残ってなんの意味がある』

冷たく聞こえるが、トローのことを何よりもわかってくれている言葉だった。

昔から兎耳にはそういうところがあった。彼は得体が知れなくて乱暴でおちゃらけていて、いい加減だが、さりげなく仲間のことを見てくれている奴でもあった。

兎耳の言葉に、主は納得しないままだが、折れてはくれた。危なくなればすぐに逃げると約束すると、彼女は白い手で彼を鞄の中に入れてくれた。

そしてこの遠い砂漠の地に、トローのことも連れてきてくれたのだ。

ザァッと、砂混じりの冷たく乾《かわ》いた風が吹く。それに乗って、唸《うな》り声が聞こえてきた。高く低く滑《なめ》らかで耳障《みみざわ》りな、地鳴りのようで暴風のような声は、再現不可能な音域で構成されている。発する者の混沌《こんとん》とした感情のうねりを、声はそのまま伝えてきた。

それは悲しみ苦しみ、嘆《なげ》き怒り猛《たけ》り、怯《おび》え絶望し恐怖しながら、歓喜していた。

つまり、あまりにも狂気的だ。

旧き竜は完全に狂っていた。

「伝承の通りとはいえ、なんてひどい……彼は魔力の暴走しかけた土地を抑《おさ》えるため、地脈と一体化したせいで死を失ったの。そして、その生きた年数と地脈が乱れた際に吸収した魔力量は、竜種の精神すらも破壊して、あまりあるほどだった」

「自分では死ねぬというのに、高慢《こうまん》ちきな竜種は地を守って狂った同族のためにすら、まだ動こうとはせぬのか……仕方がないな。守った地を自らの手で破壊することになる前に殺してやるしか、楽にしてやる術《すべ》はなかろうよ」

「あなたなら、きっと彼を止められる。私に何があっても、彼を止めてあげてね。そして、その後はあなたの好きなところに自由に行って。約束よ……できれば、トローと一緒に。そうすれば、きっとふたりとも寂《さび》しくないわ」

「馬鹿が。そんな不吉な話を初めから語る阿呆《あほう》がどこにいる。お前を傷つけさせるものか。それに忘れるな。我にはひとりで行きたいところなど特にないわ。それは小僧《こぞう》っ子《こ》とて同じであろうよ……まぁ、心配するな。竜の心臓をお前に贈り、小鳥とでも会話できるようにしてやろう。せいぜい楽しみにするがよい、ふふん」

「いらないわ。今でも彼らの言葉は大体わかるもの」

「お前は本当に、どこでその謎《なぞ》な特技を身につけたのだ」

主と兎耳は、いつも通りにそう言いあった。トローはなんだか寂しくなって、小さく鳴くと主の鞄の縁をガジガジと齧《かじ》ってみた。トローのアピールに気づき、主は優しく頭を撫でてくれた。トローが満足げに鼻を鳴らすと、兎耳は不満げな顔を向けてきた。

　トローは狂気を孕《はら》んだ竜の声に怯えてはいたが、怖がってなどいなかった。主も兎耳も全くいつもと変わらない様子だ。主は優しく、兎耳は堂々としていて強い。きっと、彼らならいつも通りに問題を乗り越えられるに違いなかった。

そして、ふたりはトローと一緒に、何も変わることなく旅を続けてくれるだろう。

トローはそう思っていた。

とても無邪気《むじゃき》に、彼は永遠を信じていた。

＊　＊　＊

真《ま》っ赤《か》な血が飛んだ。

小さな口から吐《は》かれた信じられないほど大量の血液が、びしゃびしゃと半透明の砂岩で固められた地面を濡《ぬ》らしていく。それは暗い空間を紅く紅く鮮《あざ》やかな色に染めあげた。

トローは自分が今、一体何を見ているのか信じられなかった。

主が血を吐いている。だが、彼女は確かに、一瞬前までは元気だったのだ。

ほんの少し前のことだった。兎耳が旧き竜と戦っている間に、彼女は鞄の中のトローを連れ、裂け目に入ったはずの調査員を探していた。彼女が無事死体を見つけた時、全身を腫瘍《しゅよう》で覆《おお》われ、最早毒と膿《うみ》の塊《かたまり》と化した哀《あわ》れな竜を、兎耳は完璧《かんぺき》に圧倒していた。

彼は影で毒の炎を包みこみ、主の下へ漏《も》らさぬよう丁寧《ていねい》に食いつくした。油断することなく、彼は使える闇をほぼ解き放ち、千の槍《やり》を作って竜を貫《つらぬ》いた。だが、抉《えぐ》られても、抉られても、竜の肉は無限に再生する。ぼこぼこと沸騰《ふっとう》したように泡立ち、増えていく肉を見て、兎耳は深い溜息《ためいき》を吐《つ》いた。

「………これは長くかかるぞ。よいか、調査員の保護か死体の回収が終わったのなら、お前と小僧っ子は速《すみ》やかに外に」

そう言って兎耳が振り向き、トローが頷《うなず》こうとした瞬間だった。

誰も予想しなかったことが、あっという間に起こったのだ。

吐血《とけつ》した主の体に外傷はなかった。その前には調査員の死体が落ちている。彼は割れたフラスコを胸に抱き、恐怖で顔をひきつらせていた。主は死体の——レース飾りがなく、黒色の——男性用のヴェールを払い、その瞼《まぶた》を閉じようとしていたはずだった。

それ以外、彼女は何もしていない。それなのに、一体何が起こったというのか。

目の前の光景を、トローは感応能力の全てを駆使《くし》して必死に分析した。そして、彼は気がついた。主が触れた途端《とたん》、死体に残されていた呪《のろ》いが発動したのだ。

体の内側をズタズタに裂き、内臓を潰《つぶ》す、残酷《ざんこく》な呪詛《じゅそ》だった。

そう気づいた瞬間、トローは鞄ごと宙を舞っていた。激しく地面に叩きつけられ、彼は悲鳴をあげた。顔だけ外にだし、彼はやっと理解した。主の白い腕が、震えながら持ちあげられている。彼女は呪いがトローに伝播《でんぱ》する前に、最後の力を振り絞って鞄を投げたのだ。そこで、力尽きたかのように、彼女の手ははたりと落ちた。

トローは慌《あわ》てて這《は》いだそうとした。だが、ぶつかった時に傷《いた》めたらしく、身体《からだ》は言うことを聞いてくれない。主は傷ついているのに。彼女の傍にいなくてはならないのに、どうしても前に進めなかった。トローが必死に鞄から出ようともがく間に、主は倒れた。

バシャリッと、血溜《ちだ》まりの鳴る軽い音がした。

兎耳は紅い目を大きく見開き、何故《なぜ》か首を傾《かし》げた。

その無防備な背中に、竜が棘《とげ》のついた尾を鋭《するど》く振るった。毒の滴《したた》る尾を、兎耳は後ろを振り向くことなく、片手で受けとめた。じゅうっと音をたてて、彼の掌の肉は溶ける。強烈な腐食の毒で腕を溶かされながらも、兎耳は主だけを見つめていた。彼はふとまた逆側に首を傾げた。

「えっ、嘘《うそ》であろう？」

いっそ間抜けに聞こえる言葉が響《ひび》いた。聡《さと》いはずの兎耳は数秒間沈黙《ちんもく》し、左腕が完全に溶けきるころ、パチンッと残った右の指を鳴らした。

その瞬間、兎耳の全身が爆《は》ぜた。彼は今まで頑なに守ってきた自分の形をあっさりと半分捨て去った。兎の顔と夜会服に包まれた体の左半分が溶け崩れ、深い深い闇の塊に変わった。粘性《ねんせい》の闇は飴細工《あめざいく》のようにぐるりと渦巻《うずま》き、竜の体を半分ほど圧縮《あっしゅく》して飲みこんだ。それでもなお、竜の肉は膨《ふく》らみ、回復しようとする。兎耳は再び指を鳴らした。

黒色が音もなく渦巻き、柔《やわ》らかなバターを抉るように、竜の体を三分の二ほど抉りとった。残された竜の片目が緩《ゆる》やかに瞬《まばた》き、一瞬正気の色を浮かべた。竜は安堵《あんど》したように細く息を吐き、目を閉じた。兎耳が三回目に指を鳴らすと、その体は全部なくなった。

後には半透明の砂岩で造られた、虚《うつ》ろな空間だけが残された。

その全てを、兎耳はただ主だけを見つめながら行った。

トローはぞっとした。何かがおかしい。今、目の前で起こったことと、兎耳の圧倒的な力量は流石《さすが》に常識を逸《いっ》していた。致命的《ちめいてき》に何かが狂いつつあり、外《はず》れてはいけない箍《たが》が外れようとしているのが、トローにもひしひしと感じられた。

息詰まるような沈黙の中、突然兎耳は歩きだした。彼はだらっと地面に垂《た》れた闇を重そうに引きずり、片足だけで前へと進みだす。その歩みはひどく遅い。まるで流砂の上を進んでいるかのように、人間のままの足は不安定に震えていた。

何をしているのかと、トローは不安になった。情けないが自分は動けないのだ。彼にはできるだけ早く、主の下《もと》へ行って欲しかった。主をこれ以上ひとりにしないで欲しい。彼女を早く抱きあげて欲しい。兎耳ならそれができるはずだ。早く早く早く早く。

彼女もきっと不安に違いないのだから。そこで主に目を向けて、トローは絶句《ぜっく》した。

真っ白だった主の体は、真っ赤になっていた。彼女の下には血溜まりが広がっている。人が一度に吐いて、生きていられる血液量ではなかった。

その意味が、トローにはよくわからなかった。事実としては理解できるのに、頭は上《う》手《ま》く答えまで辿《たど》り着《つ》けない。ただ、何か怖いことが起きているのはわかった。

とてもとても、怖いことが起きている。

絶対に、それだけは起こらないと信じていた、トローの唯一《ゆいいつ》怖いことが。

あと数歩というところで、突然、兎耳はがくりと膝《ひざ》を突《つ》いた。

彼はじっと目の前の光景を無言で見つめた。そして、彼は震える手をゆっくりと前に伸ばした。トローは目を疑った。あの堂々とした、いつも誇《ほこ》り高く振舞《ふるま》う兎耳が、片腕を動かして、地面を無様《ぶざま》に這いながら主に近寄っていくのだ。

兎耳はやっと主の下まで辿り着くと、枯《か》れかけている花を持ちあげるように、そっと彼女の体を抱きあげた。主の首はかくりと横に折れ、口からは粘《ねば》つく血が垂れた。

その体を、兎耳は無言でぎゅうっと抱きしめた。それから数十秒間、兎耳は身じろぎすらせず、何も言わなかった。だが、彼は不意にぽつりと呟《つぶや》いた。

「……………………………………………………なんだ、これは？」

混乱しきった呟きが響いた。ぎゅうっと、強く主の体を抱きしめながら、兎耳はまるで置いていかれた子供のように鼻を鳴らした。次の瞬間、兎耳の声が爆発した。

彼は主の体を乱暴に揺すりながら、早口で一気にまくしたて始めた。

「なっ、なぁ、これは一体なんだ？　何をふざけている？　おかしいであろう？　だって、そうだ、だってお前が言ったのではないか。そう、お前が言ったのだぞ。我に一緒に行こうと言ったのだ。お前が。お前自身が。なのに、何を。なぁ、喜べ。喜ぶがいい。行ってやるぞっ！　お前が望むところにどこにでも行ってやる。次はどこがいい？　ここは暗いからな。明るいところに行こうではないか。我は一緒よ。安心せよ、ずっと一緒だ。だから目を覚ませ、何をしている。なぁ旅に出るぞ。これからも共に旅をするのだ。目を覚ませ、頼む。なんでもやる。お前の望みならなんで、も……あぁ、でも……お前には、欲しい、ものなど、なにも……そうで、あったなぁ……はははっ」

ゆっくりと、兎耳の言葉は力を失っていった。彼は応《こた》えない主の肩に顔を埋《う》める。

白い毛並みを血で染めて、だらりと両の耳を力なく垂らしながら、彼は重く呟いた。

「……………………………………………人は、すぐに死ぬのだなぁ」

虚ろな目が、調査員の死骸《しがい》を映した。何故、彼の死骸に呪いが残されていたのかはわからなかった。死してなお、調査員の意地《いじ》で竜に一矢報《いっしむく》いようとしたのか、または死に直面した恐怖と狂気の中で、死体に触《ふ》れる人間を道連れにしようとしたのか。

どちらかは永遠にわからない。ただ、ひとつだけ確かなことがあった。

兎耳に遅れて、トローもやっとその恐ろしい事実を理解した。

この世のどこにも、もう優しい彼女はいなかった。

幻獣の狂気のせいで、人の呪いのせいで、彼女は殺されてしまったのだ。

シュボッと音をたてて、調査員の体が消滅した。同時に、兎耳の全身が吹き飛んだ。大地が、空が震えた。途方《とほう》もない声が、空気を震わせる。トローは慌てて聴覚を落としながら、目を見開いた。兎耳が吼《ほ》えていた。絶望的な黒い闇そのものが、泣きながら叫び声をあげている。黒い闇が爆発的に広がる空間の中、トローは悟《さと》った。この瞬間、兎耳は兎耳でなくなるのだ。彼はひどく危険なものに、第一種危険幻獣さえもたやすく超《こ》える、生態系を覆《くつがえ》す何かになろうとしていた。そして、彼を止められる人はもうこの世にはいないのだ。トローは泣きそうになった。彼にできることはもう何もない。

結局、トローはいつも守られっぱなしだった。もしも、自分に伝説の勇者くらいの力があれば、きっと主も守れたはずなのに。今、兎耳の助けにもなれただろうに。いつもはふざけているが、本当は優しい相棒を止めることができたろうに。ごめんよ、ごめんなさい。そうトローは繰《く》り返《かえ》した。自分にできることなんて、もう何も。だが、そこで。

そこで、トローはふと思いだした。

トローと兎耳がじゃれあい、それを見て主が微笑む。
仲がいいのねと彼女が言い、違うと兎耳が叫ぶ。

その繰り返しが、トローは実は好きだった。
きらきらと輝く太陽の下、緑溢れる森をそうして進むのが大好きだった。

トローはふたりのおかげで、世界を知った。主が自分を作ってくれて、兎耳が自由にしてくれたのだ。主と兎耳のおかげで、トローは愛も楽しさも友情も知った。
ふたりから、トローは何もかもを与えられたのだ。それなのに、自分は無力だからと諦《あきら》めて、放りだしていいのか。そんなはずがない。

そんなわけがないっ！

絶対に、諦めてはだめだっ！


喉《のど》から漏れそうな悲しみの声を嚙み殺し、トローは顔をあげ、恐ろしい闇を直視した。そうとも、トローは本来、かっこいい男だ。少なくとも、そう主張しても主は絶対に否定しなかった。そうねと、優しく頷いてくれた。だから、そうであらねばならない。

最後までそうであろうとしなければならない。トローにだって、ほとんど無力な蝙蝠《こうもり》にだって、きっとやれることがあるはずだ。トローは自身の機能を全て探り、不意にソレに気がついた。今の自分にはできなくても、変えればやれることがある。

主はもう死んでいる。彼女が最初の調整時に、眠らせた試験管の小人《ホムンクルス》としての機能の上限をトローは次々と爪先で蹴《け》るように開いた。脳味噌《のうみそ》が沸騰し、身体が軋《きし》む。だらりと、口から血が溢れた。負荷が大きすぎる。このままでは死んでしまうかもしれない。だが、それでも構わなかった。ひとりだけ生き残ってなんになる。このままでは、幻獣も人も全てが死ぬのだ。そうすれば主は悲しみ、兎耳は辛《つら》い思いをする。そうはさせない。絶対にさせない。トローはここで勇者になるのだ。

世界を救うのだ。大事な人を助けるのだ。

それができるのなら、死んだっていいっ！

トローは記憶を探った。声帯をあえて壊した。感応能力の全てを破壊した。目指すのは、声の再現。やれるか。脳から返答があった。能力値を超えている。構うものか。できなくてもやれ。闇の中心に、トローは狙《ねら》いを定めた。厚く全ての魔力の影響を阻《はば》む壁に、彼は矢を放つようにそれを飛ばした。脳味噌を焼き切りながら、トローは叫ぶ。

『人を傷つけては駄目《だめ》よ』

トローが再現したその声は、優しい主のものだった。

その瞬間、信じられないほど、あっさりと兎耳の暴走は止まった。

トローが記憶の中から引きだした声を聞き、闇は収縮《しゅうしゅく》した。それは主の愛した長い耳とふわふわの尻尾《しっぽ》の形を取り戻していく。彼女とよく繋《つな》いでいた黒い腕がもう一度できあがっていった。主の微笑みをトローは思いだした。大好きだった、本当に愛していた笑みを繰り返し思い返し、トローはだらだらと血を吐きながら、再び彼女の声を伝えた。

『いい子ね』

兎耳はその場にドサリと崩れ落ちた。彼は主の死体を抱いたまま小さく座りこむ。
トローはやりとげたと思った。激しく霞《かす》む視界が、彼の限界を告げているが、後悔はなかった。大事な人の想いを守って、大切な相棒を止めることができたのだ。伝説の勇者よりも、ずっと素晴らしい働きができた。そう、トローは本来かっこいい男だ。近づく死だって怖くはない。それに逆らう気は全くなかった。だが、果たして試験管の小人の自分が主と同じところにいけるのかだけは心配だった。そして、兎耳をひとりきりでこんな寂しい地に残さなければならないのも心残りだった。でも、強い彼ならきっといつか、また歩きだせると信じたかった。もう自分には何もできそうにないのだ。あぁどうか、これからも元気で。ずっとずっと、喧嘩《けんか》ばかりで、毎日いっぱい、楽しかったよ。

そう兎耳を目に映しながら、トローはぼんやりと思う。

あぁ……もしも、同じところに行けたなら……頭を撫でて、もらえるかなぁ。

よろ、んで、くれるかなぁ。

どうか、ま、た、いっしょ、たび、を。

そこで、彼の意識は途絶えた。

蝙蝠の表情なんて誰にもわからないけれど。
その顔は、まるで眠るように穏《おだ》やかだった。

闇の王様のお話

9

花が散《ち》るように、少女は若くして旅の途中《とちゅう》で死にました。

その後、王様は動けないでいるところを他の調査官に見つけられ、危険な存在だと固く封印をほどこされました。もう眠りたかった王様は甘んじてその処置《しょち》を受けました。

哀《あわ》れな蝙蝠《こうもり》の死骸《しがい》は、誰《だれ》にも気づかれることなく、その場に捨て置かれたといいます。

今では、この話を語る者は誰もおりません。

これはひとりぼっちの闇の王様がある少女に出会うお話です。
そして、人間はすぐに死ぬというお話でした。

めでたし、めでたし。

夏の夜の夢

ずっとずっと、長い間、彼は閉じこめられていた。

闇の中に、彼は拘束《こうそく》されている。体の一部でもあり、僕《しもべ》でもある黒色は力を失い、彼の全身を固く押し潰《つぶ》していた。今の彼はまるで瓶詰《びんづめ》にされた蛇《へび》だ。狭《せま》いガラスの中に押しこまれた闇は、彼自身を潰してしまっている。だが、彼にはそんなことはどうでもよかった。圧迫感も閉塞感《へいそくかん》も孤独すらもどうでもいい。どこにも行けず、何もできなくても構わなかった。何故《なぜ》なら、彼にはもう望みなど本当に何もなかったのだ。

(そう、黒い茨《いばら》で覆《おお》われた城にいるのと、今とに、一体何の違いがあるというのだ)

何も違わない。違いなどあるものか。そう、彼は思った。

最早《もはや》、約束の日々は過ぎ去ったのだ。あの時は二度と帰ってはこず、共に旅に出る相手もいない。玉座に無為《むい》に座り続けた日々と同じように、彼は果《は》てしない暗闇に身を任《まか》せた。だが、時たま彼は優しい微笑《ほほえ》みを思いだした。白いヴェールの揺《ゆ》れる様が自然と頭に浮かび、小うるさい相棒の声が今さっき聞いたような鮮《あざ》やかさで耳をよぎることもあった。その時だけ、彼は激しい苦痛を覚えた。

記憶は彼を苛《さいな》み続けたが、やがて降り積もる時の中に苦《くる》しみも静かに埋《う》もれていった。白い砂浜に摩耗《まもう》したガラスを隠すように、彼は激情を忘れた。


死んでいるのか、生きているのかもわからないような時がすぎた。


拘束され、何年の時が経《た》ったのかすら、彼にはわからなかった。闇と自分の境界線すら、最早曖昧《あいまい》だ。だが、彼はそれでよかった。このまま死んだように時の中に埋もれているのが、自分にはふさわしい。そう考えた時、ふっと、それを否定するように、記憶の中から少女の声が蘇《よみがえ》り、久しぶりの柔《やわ》らかさで彼の耳を打った。

『その後はあなたの好きなところに自由に行って。約束よ……できれば、トローと一緒に。そうすれば、きっとふたりとも寂《さび》しくないわ』

（あぁ、お前はそう言ったがな……だがな、小僧《こぞう》っ子《こ》はもうおらぬのだ）

そう彼は涙を流すように思った。不意に、久しぶりの寂しさが、全く色あせない鮮やかさで彼の胸を打った。忘れていたのではない、閉じこめていた感情が胸に溢《あふ》れだした。

彼と相棒がじゃれあい、それを見て少女が微笑む。かつては当たり前のようにあった色鮮やかな日々が、目の前に嵐《あらし》のように蘇った。だが、もう誰《だれ》も彼を迎えに来てはくれなかった。闇を乗り越えて、何度追い払われても、彼を旅に連れ出そうとしてくれる誰かはもう現れはしない。その圧倒的な絶望の中、彼はあまりにも懐《なつ》かしい記憶を、柔らかな声と差しだされた白い手を、縋《すが》るように自然と思い返していた。

『あなたはね、こんなところにいるよりも。私と一緒にくればいいいと思うの』

少女のおかげで、彼は世界を知ったのだ。彼女は彼にとって初めての話し相手であり、教師であり、母であり、姉であり、世界の案内人だった。毒虫ばかりが溢れていると思っていた退屈《たいくつ》な世界が、決してそうではないと、彼は彼女から学んだのだ。

それなのに、少女は死んでしまった。

美しい花がすぐ枯《か》れるように、彼女はあっという間に消えてしまった。

不意に、重い後悔が彼の胸を占《し》めた。その事実を思い返し、彼は心臓をわし摑《づか》みにされるような痛みを覚えた。そう、彼は彼女のおかげで花の貴重さを知ったというのに。

(我はお前のことを、毒虫と呼んだことはあっても、花と呼んだことはなかったな)

(我はお前に、名前を教えることすらしなかった)

今思えばそのことがただ切なく悲しかった。だが、後悔しても仕方がない。あの時は決して取り戻せない。二度と懐かしい日々は返らない。彼は再び意識を閉ざそうとする。

その時、彼を呼ぶ声が聞こえた。

あまりにも懐かしく、柔らかい、誰かのものに似《に》た声が。

闇がぐらりと揺れ、突然、彼は光の中に放りだされた。彼は知識だけで知っている、赤子が産道《さんどう》から外にだされた時の感覚に近い衝撃を味わった。目の潰れるような眩《まぶ》しさに、彼は低く呻《うめ》いたが、兎の眼球が慣《な》れると辺りは薄暗いことがわかった。彼は牢獄《ろうごく》のような、石で囲まれた部屋の中にいる。ハッとして、彼は慌《あわ》てて下を見た。
床の上には、光を失った巨大な魔方陣が描かれていた。
彼は記憶を探った。確か、ここは遠い昔、ある幻獣調査官が彼を封じた部屋のはずだ。
一体、何が起こったのか。混乱しながらも辺りを見回し、彼は愕然《がくぜん》とした。

彼の前には、白い少女が座っていた。

何があったのか、その姿は薄汚れている。絹糸《きぬいと》のような、果実のような、そんな白さを煤《すす》のようなもので汚して、蜂蜜色《はちみついろ》の瞳《ひとみ》をした少女が彼の前に膝《ひざ》を突《つ》いていた。

「お前、は」
「よかった、成功した」

そう少女はふわりと微笑んだ。その顔は、彼の知る少女と完全に同じに見えた。だが、次に口を開いた時、彼女は彼を迎えに来た少女とは、姓は同じだが違う名を名乗った。

「私はフェリ・エッヘナ。よかった、気分は悪くない？」

「フェリ・エッヘナ。アレは……アレは違う名であった。お前は、お前はアレと似ているが、別の人間なのか？　それなのに……いや、封印を何故」

「封印の解《と》き方はこの本に書かれていたから」

「その本は」

　彼は大きく目を見開いた。少女の手の中には幻獣書が――彼と共に旅をした少女が常に持ち歩き、情報を追加していた本が――あった。古びたページを、少女、フェリは愛《いとお》しそうにめくる。記《しる》された文章を目で追いながら、彼女は不思議なことを続けた。

「もしも、旅の途中で闇の王様が危ない存在だと封印されてしまうような事態になった時、どんな呪法《じゅほう》でも解けるよう、あなたの影から魔力を引きだす方法が、『闇の王様』の項目に記されていたの。でも、あなたといた私は……個体名の違う別のエッヘナは、そんなに急に自分が死ぬとは思っていなかったのでしょうね。記述は試算の段階で終わっていたから……完成させるまでに時間がかかってしまって、ごめんなさい」

　あなたといた私。別のエッヘナ。その言葉を聞いた瞬間、目の前の少女の姿に、彼の記憶の中の白い姿が重なった。やはり、ふたりは全く同じ存在だ。わけがわからず、彼は頭を抱《かか》える。その時、雷に打たれるように、彼はいくつかの疑問を思いだした。

色素が薄いというのに、少女には太陽の光を苦にする様子はなかった。

その体は小さく細かったが、山をひとりで登りきり、茨を越えるだけの体力があった。

そして、一部の動物と言葉を交《か》わすこともできた。


「お前は、もしや……人間ではない、のか？」

「ううん、私は人間よ。でも、厳密《げんみつ》に言えば違うのかもしれない」


フェリはそう首を横に振った。彼女は蜂蜜色の瞳で切なげに宙を見つめる。小さく首を傾けて、彼女は歌うようにある事実を語りだした。

「遠い遠い昔、ある幻獣調査員の娘がいたの。彼女は幻獣の暴走と人間の対応の過《あやま》ちで、多くの人が無残に死ぬのを見た。だから、彼女は幻獣の情報を書に刻《きざ》み、詳細な情報を記して人々に知らせ、人と幻獣の共存の道を探すため旅にでたの。でも、幻獣はあまりに数多く、彼女は志《こころざし》半《なか》ばで倒れるしかなかった。でも、幻獣書は誰かが記さなければならない。だから、彼女は自分と全く同じ存在をたくさん作ったの……ただ、彼女は旅の間中、色素の薄さと体の弱さに悩まされていたから、一部を魔術で補強した。そして準備したたくさんの肉体の複製品に、自分が死ねばその魂《たましい》が入るよう呪いをかけた」

「呪い、を？」

「精霊種の確認のため、ある魔術師が練《ね》っていた魂を捕《と》らえる外法《げほう》を、試験管の小人《ホムンクルス》の製作技術……主に肉体の培養《ばいよう》に関することを学んだ際に見つけ、応用したみたい。不死になれる外法も見つけていたようだけれど、他の人を犠牲《ぎせい》にしたくなかったから、断念したの。だから、ね。私が死ねば、次の私が目覚めるの。記憶は引き継げないけれども、身体《からだ》は同じ造りで、魂も同じ。それはふたつとも人間のものよ。でも、私のことをまだ人と呼べるかどうかはわからない。それでも、私は人間よ……私は自分を人間であると定めた。人として、自らの行うべきことを決めたの」

どちらでもない存在では人と幻獣のより良い世を目指す、なんて、言えないものね。
そう、フェリはどこか切なそうに微笑んだ。

彼女は子供を抱くような手つきで、ゆっくりと本の表紙を撫《な》でた。フェリは一度目を閉じ、開いた。その蜂蜜色の瞳に、不意に確かな光が浮かんだ。彼女は、子供を守る雌《メス》の獣《けもの》にも似た、自身の本質に根づいた力強さの溢れる声で語り始める。
「人かどうかも曖昧だけれど、それでも私は人間だし、この使命が嫌ではないの。生き物は親の考えに関係なく、生きる道を選ぶことができるわ。私は人と幻獣が好きだから、こうして生きたいだけ。そしていつか幻獣書を完成させるのが私の——私達の望み」

フェリは再び本のページをめくり、ある箇所《かしょ》で止めた。そこには、未分類の強力な幻獣、『闇の王様』についての詳細が記されている。

「私は闇の王様のことを、この本で知ったのよ。私の前の、前の子もそうして知って、閉じこめられてしまったあなたのことを助けようとした……あなたと一緒に旅をしていた子は、自分が死んだ後は、世界の美しさを知ったあなたに自由に生きて欲しかったのに、あなたは閉じこめられてしまったから……この部屋に入れるようになるのには、幻獣調査官の上層部の分裂により封印場所の記録が失われるのを待たなければならなかったの。封印を解くのにも時間がかかったわ。でも、こうして無事に会えてよかった」

フェリはそう柔らかく微笑んだ。彼はぐらりと眩暈《めまい》に襲《おそ》われた。彼女の語った繰《く》り返《かえ》しはあまりにも途方《とほう》もない。その事実をどう受けとめればいいのか、彼にはわからなかった。フェリはパタリと本を閉じ、呆然《ぼうぜん》とする彼を不安げに見つめ、問いかけてきた。

「ねぇ、よければ、あなたは私と一緒に行かない？」

「………何故だ」

「何故？」

「何故、行かなくてはならない」

ぼそりと、彼は低く呟《つぶや》いた。今までの悲しみと後悔がその胸に鮮やかに蘇った。それをまた繰り返すのかと彼は思った。全く同じで同じではない少女と一緒に旅をしろというのか。人はすぐに死ぬと言うのに。だが、彼女はぽつりと心を吐《は》きだすように呟いた。

「ひとりだと、寂しいわ。私もあなたも」

「だから、我を解放したのか。再び自分の道連れにするために、随分《ずいぶん》身勝手な話だな」

「いいえ、それは違うわ。私はあなたをひとりぼっちにしておきたくなかっただけ。この本に書かれたあなたはとても優しかった。そんなあなたに、闇の中で、たったひとりで生きていて欲しくなかったの。こんなところにひとりきりで、あなたはどんなに寂しいだろうと思ったから……だから、私は、私達はあなたを迎えに来たの」

フェリは蜂蜜色の瞳を、まっすぐ彼に向けた。そして彼女は静かに力強く言いきった。

「私と一緒に来なくてもいい。ただ、あなたには寂しいところにいて欲しくなかったの。ただ、それだけよ。あなたには、どうかこの世界を愛して、いつくしんで欲しかった」

世界を壊すために、作られた闇の王様に。

たくさんの素敵《すてき》なもの達と、生きていけるように。

その言葉を聞いた瞬間、彼は何かを諦《あきら》めた。己《おのれ》の敗北を認め、受け入れてしまった。

闇の中で彼は長い長い時間をすごした。その間、彼はひとりぼっちだった。心臓から涙を流すように、彼は絶望的な寂しさに胸打たれた。だが、もう誰も彼を迎えに来てはくれないはずだった。闇を乗り越えて、何度追い払われても、彼を旅に連れだそうとしてくれる誰かは現れないはずだったのだ。そのことこそを、彼は寂しいということだと思った。だが、今彼の前には再び白い少女が座っている。

たくさんの苦労を重ねた、薄汚れた姿で。
城の真っ黒な茨を潜《くぐ》って、闇の王様の前に現れた時のように。

「でも、あなたが来てくれれば、本当に嬉《うれ》しいわ」
「…………ああ、そうか」

我に共に行こうと言ったあの時、お前もきっと寂しかったのだな。

彼はその言葉を、喉《のど》の奥底で呟いた。彼はゆっくりと手を伸ばし、フェリの白髪を撫でた。そして、彼の母が消える直前、言い残していった父の言葉を彼女に静かに告げた。

「我は……我はもう闇の王様ではない、クーシュナ・トゥラティンだ」

それが彼の名前だった。父親に与えられて以来、誰にも告げなかった名であり、少女に教えられなかった名でもあった。この瞬間、彼はトローのように自分を彼女の従者と定めた。世界を滅《ほろ》ぼす、闇の王様はもういない。そんなもの、もうどこにもいなかった。

彼は、ただのクーシュナは、フェリを主《あるじ》として、その旅を支《ささ》え続けることを決意する。

ひとりの無力な少女の、途方もなく長い旅を。

そして、彼はかつての後悔を拭《ぬぐ》うように、その言葉を吐きだした。

「我はお前と共に行こう、毒虫の中の……我の花よ」

途方もない、お前の旅が終わるまで。

フェリはふわりと微笑み、手を伸ばした。

あまりにも懐かしい、白く柔らかな掌《てのひら》を、彼はそっと包みこむように握《にぎ》りしめた。

＊　＊　＊

「……クーシュナ？」

誰かに呼ばれ、彼は目を覚ました。

周りには乾《かわ》いた草原が広がっている。丈《たけ》の短い痩《や》せた草は、夜の中でも黄土色に大地を染めあげていた。夏の気配の残る温かな風の走る中、クーシュナは辺りを見回す。

彼の前には、白い少女、フェリが座っていた。その肩の上には、一羽の蝙蝠《こうもり》が止まっている。蝙蝠とお揃《そろ》いの蜂蜜色の瞳でクーシュナをじっと見つめ、彼女は首を傾《かし》げた。

「どうした？」

「何も、ただ珍《めずら》しいと思ったの」

「何がだ？」

「実体化しながら、あなたが寝るなんて珍しいなって」

「それもそうだな」

「きっと明日は雪が降るのね」

「もう終わるとはいえ、この夏にか？」

「花が降るかも」

「ははっ、それは愉快《ゆかい》ではないか。我のお前にもよく似合うしな……我も花は好きだ」

クーシュナはそう軽く笑い、改めてフェリの肩の上を眺《なが》めた。蝙蝠、トローはうるさいとでも言いたげに、彼のことをじろりと見返す。相変わらず、小うるさい相棒だった。

そのことに、クーシュナはにやりと笑う。

彼の、試験管の小人の亜種の魂は、その骨の中に情報として記録される。フェリはそれを既《すで》に回収していたが、自分ひとりでは上手《うま》く再現することができなかったのだという。彼女に魔力を貸し、クーシュナはトローを作りあげた。彼に前の個体の記憶はなかったが、その小うるさく、頑張《がんば》りやな蝙蝠は、確かに彼のよく知るトローだった。

（全く同じで、同じではない……が、もう一度会えて嬉しいぞ、小僧っ子よ）

そう、クーシュナは唇《くちびる》を軽く歪《ゆが》め、トローの鼻をつついた。彼は嫌そうに顔をしかめ、羽を広げて飛んでいく。その様子を微笑んで眺めているフェリに、クーシュナは尋《たず》ねた。

「で、我が花よ、明日はどうするのだ」

「森を東に進もうと思うの」

「なるほどな。で、それから先はどうするのだ？」

「わからないわ。人と幻獣の問題があれば解決して、新しい幻獣を探して、見つけたら書に記していくの――その子が何を好きで、何を求めていて、何を嫌がって、どこに棲《す》みたいのか。もう知識が足りないせいで、人と幻獣の両方が泣かなくていいように」

一緒に、生きていくために。

そう、フェリは語る。彼女はその生き方を選んだ。
そして、これから先も、選び続けていくのだろう。

どんなに、何回繰り返したとしても。

あまりに途方もない、それだけは自分には叶《かな》えられない願いに、クーシュナは頷《うなず》いた。

「望み通りに、毒虫の中の、我の花よ。それが世界の全てを手にするよりも、お前にとって尊《とうと》いというのなら、我はついて行ってやる。そうだな。我のお前の望みが叶うまで」

途方もない、長い旅路を最後まで。

「どうせ、一人で行きたいところもないのだ」

微《かす》かに笑って告げられた言葉に、フェリは微笑んだ。白い少女はかつての闇の王様の手をとる。やがて彼女は眠るために寝袋に入り、トローは木にぶら下がった。クーシュナは焚火《たきび》に闇をかけ、そっと消した。その間も、ふたりの手は繋《つな》がれたままだった。

彼らの旅は明日も続く。

後には静かな夜だけが広がっていた。

これはひとりぼっちの闇の王様が、ある少女に何度も出会うお話です。

あとがき

初めましての方は初めまして、綾里《あやさと》けいしです。

この度は、『幻獣調査員』をお買い上げ頂き、誠《まこと》にありがとうございます。

こちらは先にカクヨム様にて公式連載をしていた話に、文庫用の書き下ろしを追加したものになります。公式連載分だけでも、フェリとクーシュナ、トローの旅の話として成立してはいますが、書き下ろし分まで含めて、初めて完成する話となっていますので、全体を通してから読み直して頂きますと、個々の台詞《せりふ》や話の印象が変わってくるのではないかなぁと思っています。少しでもお楽しみ頂ければ幸いです。

デビュー作の『B.A.D.』の頃から、人外と人間の交流には多大な興味があったので、こうして人外と人との話を、特に念願である人外×少女の話を書けて、大変に満足です。執筆中、とても幸せでした。毎回、我が人生に一片の悔《く》いなしとばかりに、書きたい話を書かせて頂いているのでありがたく思います。

『幻獣調査員』は一応読み切りを想定していますので、二人の旅を再びお目にかけることがあるかどうかはわかりませんが、もしも機会を頂けるのなら書いてみたいという気持ちはあります。そして、再びお手に取って頂けることがあれば、これほどに嬉しいことはないとも、そう考えております。お見せすることがあるかはわかりませんが、今後も三人の旅は長く続くし、そこには幸福も悲しみもあるけれど悔いはないと思っています。

では、お礼コーナーに移りたいと思います。

美麗なイラストの数々をお描きくださいました、lack先生、本当にありがとうございました。特に、童話のような表紙を見た瞬間、この話が本になった喜びを噛《か》み締《し》めました。デザイナー様、出版関係者様、編集の儀部様、重ね重ねお礼を申し上げます。そして、今回の話で、多くの助言と助力をくれた姉に、たくさんの感謝を。『幻獣調査員』は構想段階で、作品の根本設定に関わる姉の助言がなければ、書くことのなかった話だと思っています。今までにも、姉には多くの助言と助力をもらっているので、この場をお借りして、改《あらた》めてありがとうを記《しる》しておきます。いつもありがとう。感謝しています。

そして、何よりも読者の皆様に全力のお礼を。本とは、読んで頂けることで初めて完成するものだと思っています。本当にありがとうございました。これからも手にして頂くことができるよう、全力を尽《つ》くしますので、今後ともお付き合い頂ければ幸いです。

また、MF文庫J様では『異世界拷問姫』が一巻発売中（続刊予定）。ノベルゼロ様にて『魔獣調教師 ツカイ・J・マクラウドの事件録 獣の王はかく語りき』が七月十五日発売となりますので、よろしければこちらもお気にかけて頂ければ幸いです。

それでは、また、どこかで。

二〇一六年六月某日　綾里けいし

フェリの首元の
マークは
∞《ムゲン》をイメージ
してます。
なーーる
Lack.

参考文献

「幻想世界の住人たち㈵」（健部伸明著、怪兵隊著、新紀元社）
「幻獣ドラゴン」（苑崎透著、新紀元社）
「猫の神話」（池上正太著、新紀元社）
「妖精辞典」（キャサリン・ブリッグズ著、冨山房）
他

■ご意見、ご感想をお寄せください。…………………………………………………………
ファンレターの宛て先
〒102-8078　東京都千代田区富士見1-8-19　ファミ通文庫編集部
綾里けいし先生　　lack先生

■QRコードまたはURLより、本書に関するアンケートにご協力ください。…………………………
https://ebssl.jp/fb/16/1517
・スマートフォン・フィーチャーフォンの場合、一部対応していない機種もございます。
・回答の際、特殊なフォーマットや文字コードなどを使用すると、読み取ることができない場合がございます。
・お答えいただいた方全員に、この書籍で使用している画像の無料待ち受けをプレゼントいたします。
・中学生以下の方は、保護者の方の了承を得てから回答してください。
・サイトにアクセスする際や、登録・メール送信時にかかる通信費はご負担ください。

FBファミ通文庫

幻《げん》獣《じゅう》調《ちょう》査《さ》員《いん》

あ11
5-1
1517

2016年7月12日　初版発行

著　　者　綾《あや》里《さと》けいし
発 行 人　三坂泰二
発　　行　株式会社KADOKAWA
〒102-8177 東京都千代田区富士見2-13-3
電話 0570-060-555(ナビダイヤル)　URL:http://www.kadokawa.co.jp/
編集企画　ファミ通文庫編集部
担　　当　儀部季美子
デザイン　アフターグロウ
写植・製版　株式会社ワイズファクトリー
印　　刷　凸版印刷株式会社

〈本書の内容・不良交換についてのお問い合わせ〉
エンターブレイン カスタマーサポート　0570-060-555(受付時間 土日祝日を除く 12:00～17:00)
メールアドレス:support@ml.enterbrain.co.jp　※メールの場合は、商品名をご明記ください。

ISBN978-4-04-734199-9 C0193

定価はカバーに表示してあります。

異世界拷問姫

fremdtorturchen

異世界転生した少年と
美しき拷問姫の
悪魔討伐劇、
開幕。

綾里けいし
Keishi Ayasato
鵜飼沙樹
Illust.Saki Ukai

死後、異世界転生した瀬名櫂人の前に現れたのは絶世の美少女・エリザベート。
彼女は『拷問姫』を名乗り、従者として自分に仕えるよう櫂人に命じるが――
「断る」即答する櫂人にエリザベートは『拷問』か『執事』かの二択を突き付ける。
あえなく陥落した櫂人はエリザベートの身の回りの世話をすることになり、
咎人たる『拷問姫』の使命――14階級の悪魔とその契約者の討伐に
付き合わされることになるが……!?
「あぁ、そうだ。余は狼のように孤独に、牝豚のように哀れに死ぬ。たった一人でだ」
綾里けいし×鵜飼沙樹！ 最強タッグが放つ異世界ダークファンタジーの最高峰！

MF文庫J
「我が名は『拷問姫』エリザベート・レ・ファニュ。
誇り高き狼にして卑しき牝豚である」
第一巻好評発売中！